ハヤカワ文庫 SF
〈SF2435〉

宇宙英雄ローダン・シリーズ〈708〉

神々の掟

ロベルト・フェルトホフ＆アルント・エルマー
赤坂桃子訳

早川書房
9037

PERRY RHODAN

DIE SPUR DES PROPHETEN

DAS GEBOT DER GÖTTER

by

Robert Feldhoff

Arndt Ellmer

Translated by

Momoko Akasaka

First published 2024 in Japan by

HAYAKAWA PUBLISHING, INC.

This book is published in Japan by

arrangement with

HEINRICH BAUER VERLAG KG, HAMBURG, GERMANY

through JAPAN UNI AGENCY, INC., TOKYO.

目次

神々の掟

預言者のシュプール

ロベルト・フェルトホフ

登場人物

ペリー・ローダン…………………………銀河系船団最高指揮官

レジナルド・ブル（ブリー）………《シマロン》指揮官

イアン・ロングウィン…………………同首席操縦士

ラランド・ミシュコム…………………同副操縦士

ジュリアン・ティフラー……………《ペルセウス》指揮官

メリル…………………………………同乗員。宙航士

グッキー………………………………ネズミ＝ビーバー

サラアム・シイン………………………オファラー。歌の師

アンゴル………………………………グラド。ラシュタ星系思考者議院の議長

ヴェネレエン…………………………同。アンゴルの科学顧問官

1

カード占い

においもほんものさながらだ。オファラーは、砂漠の砂ぼこり、とげのある干からびた植物、遠くの水の印象を嗅覚器官でもとらえていた。とてもここちよいが、どれも錯覚にすぎない。

すこしはなれた場所に砂がちのなだらかな丘陵地があり、その手前には、いちじるしい温度変化と風化のために割れた岩塊。この荒涼とした風景に、踏みかためられた道が通っている。サラアム・シインは、この道がひろい地平のどこではじまり、どこで終わるのか知らなかった。

「あなたに通信がはいっています」と、シントロニクス。その声は、空気中から直接聞こえてきたようだった。

サラアム・シインはうわの空だった。低音のメロディを口ずさみ、砂漠とひとつになる自分を空想していたのである。かれはなぜくりかえしこの風景を投影させるのか？　遠くからでも危険を察知できる単調な風景だからか？　それとも、この道から目をはなせないからだろうか。目的地がわからないというのが、かれ自身の境遇を象徴している。

「通信をつなぎますか？」シントロニクスがたずねた。

「相手はだれだ？」と、かれ。

「女テラナーです。名前はいいませんでした」

「じゃあ、わたしは話さない」サラアム・シインはまた砂漠のイルージョンにひたろうとしたが、もう心の平安を見いだせなかった。「わたしが息ぬきを必要としているのは知っているだろう」と、かれは歌った。「それなのになぜわたしのじゃまをする？」

「自分で訊いてみればいかがです」

「しかたない。つないでくれ」

　かれの視覚房の前に映像があらわれた。もっとも、最初はなにも判別できず、音がしただけだった。受信機から聞こえてきた音は、名歌手の不機嫌をたちまちぬぐい去った。なぜならそれがメロディだったからである。その音はなぜか親しみすら感じさせ、まるで人工的なエレメントがかれの歌に働きかけているような感じだった。そんなことってあるだろうか？　ありうるだろう、とかれは思った。いずれ突きとめられるだろうが。

ついに映像がはっきりしてきた。サラアム・シインは中年の女テラナーを見た。髪はほとんど白髪だが、この種族の若い女性にしか見られないような豊かな毛量で、房になって肩までとどいている。その顔には活気があり、目は注意深くまわりを見ている。

「わたしはメリルです」と、彼女。「歌い手さん、あなたと話したいことがある。わたしは《ペルセウス》の自分のキャビンにいます。でも今晩二十一時までしか時間がありません。待っていますよ」

「なぜわたしと話したいのですかな？」かれは声を調整せずに訊いた。つくりこんだ歌は、この奇妙な瞬間をじゃまするだけだろうから。「ご存じだろうが、わたしはたくさんやることが……」

もちろん嘘だが、メリルにはわかるまい。

「わたしのための時間は充分にあるのでは」と、彼女は答えた。その声は自信たっぷりで、かれがそうするしかないと知っているようだ。彼女はメロディを意図的にあやつった。

「なぜそんなに自信があるんだ？」

「だってそうなんですもの」

「いいだろう。考えておく」

メリルはなにもいわずに通信を切った。しばらくあれこれ考えてから、かれは音響信号を発した。なにもない砂漠の風景の幻影が色あせ、かわりにグレイの金属があらわれた。

*

サラアム・シインはしばらくのあいだ、自分の宇宙船のプロジェクター・ボウルにじっとすわっていた。《ハーモニー》は直径が四十メートル、厚さ十五メートルのたいらな円盤状で、その上にあるドームの中にかれはいた。プロジェクターが周囲に壁のように張りめぐらされている。ここから《ハーモニー》はかれのメロディを受けとり、そのメロディにコーラスを添える。その歌は、ほんもののオファルの合唱団も顔負けだ。

ぼんやりしたまま、かれは音を出した。「《ペルセウス》と交信したい」と、伝える。「可能であれば、ジュリアン・ティフラーと」これはシントロニクスに向けた言葉だ。シントロニクスは宇宙船内のすべての音を記録し、必要とされている場合にはそれなりに対処する。

数秒後、かれの前の空気中にまたスクリーンがあらわれた。サラアム・シインは、テラナーにしてはものしずかなこの痩身《そうしん》の男と、最近はなにかとかかわりがあった。アトラン、ペリー・ローダン、エイレーネらとならび、ティフラーは名歌手にとって親しい知人なのである。

「なんでしょう、サラアム・シイン？」

親しみのこもった声だが、かなり忙しそうだ。銀河系船団を統率する仕事のほとんどはレジナルド・ブルとかれがこなしていて、ブルはいま不在なのだから。

「さきほど奇妙な交信がありました」と、オファラーは歌った。そのメロディはみごとだったが単音だった。これまでにはなかったこと。ジュリアン・ティフラーほどの観察眼の持ち主は、和音が不安定だとわかってしまうだろうからだ。名歌手にはふさわしくない行動だが、サラアム・シインは自制したのだ。

「それはまた、おもしろそうですね」と、ティフラーはからかうようにいった。「くわしく話してくれますか？」

「もちろん！　相手は《ペルセウス》のメリルという女性です。わたしとどうしても話したいから、二十一時までにこいと。それだけなんですが、なぜか強烈な印象をうけまして」

ティフラーはしばらく黙って考えていたが、突然ひらめいたらしい。「メリルのことはおぼえてますよ」と、かれは笑った。「こんどはあなたに詰めよって……」

「えっ、なんです？」と、サラアム・シインが問いかえした。意外な表現だったからだ。

「ちょっと待って」と、ティフラー。「調べてきますからね」

テラナーはいったん姿を消し、数秒でまたスクリーンにあらわれた。「あなたが交信した女性は、本当はメリルという名前ではない。あれは彼女の芸名みたいなものでね。本名はキャロル・アラストで、この船の宙航士です。それもかなり優秀な。そうでなければここにいません」

「それ以上の情報はないんですか？」サラアム・シインは、がっかりして訊いた。

ティフラーはなだめるようなしぐさをした。「まあまあ、歌い手さん！　まだありますよ。乗組員のあいだでは、彼女はかなり評判が悪い。ラランド・ミシュコムや、以前に乗り組んでいたベネカー・ヴリングみたいにね。彼女はちょっとおかしいんですよ」

サラアム・シインは、相手の意味不明な説明にいらいらしてきた。だがティフラーはほほえむばかり。口角をちょっと動かしたのが微笑だとすればだが。

「自分で確認してみればいい。彼女がどうしても二十一時までにあなたと話さなくてはならない理由も、わたしにはわかっています。その一時間後に彼女のシフトがはじまるんですよ。それ以外のことは、直接会えばわかるでしょう」

サラアム・シインは納得がいかないままスクリーンを見ていた。「あなたに質問してもしなくても同じでした」と、かれは歌った。「いまだになんの話かわからないなんて」

「かんたんですよ」と、ティフラーはまだ例の微笑を浮かべている。「メリルは危害をくわえません。あなたの運勢をカードで占おうとしているだけですよ。ただ、なぜあなたをおびきよせることができたのかわからない」

「おびきよせる？」

「そうじゃなきゃ、あなたはわたしと話していないでしょうから、サラアム・シイン」

「そうですね」と、かれは認め、自嘲をこめていった。「名歌手をおびきよせるにはどうしたらいいか？　メロディを使えばいいんですよ！」

＊

サラアム・シインは、聞いたことを理解するのにすこし時間を要した。カードで運勢を占われるのが不安なのではない。エスタルトゥ十二銀河でもそういうことはあった。むしろわからないのはティフラーの反応だ。名歌手のかれは、人類よりよほどくわしくニュアンスというものを理解できる。ティフラーはけっして認めないだろうが、内心では自分のいったことを信じていない。

物音がしてサラアム・シインは縮みあがった。

あわてて振りむいたかれは、ダオ・リン＝ヘイがプロジェクター・ボウルにはいってきた音と知り、ほっとした。たった一回のやりとりですっかり気持ちが混乱してしまったなんて、びっくりだ。それどころか、われながら心配だとオファラーは思った。

「ハロー、サラアム・シイン！」と、女カルタン人は彼女特有のぶっきらぼうな口調でいった。「いつからわたしをこわがるようになったんだ？」

「こわがっているんじゃない」と、かれは歌った。「考えこんでいただけだ。この時間帯は、ふつうはだれもこないんだが」

「ふつうはね、サラアム・シイン。でもきょうは特別だ。仲間抜きで話したいんだ。あなたの返事がもらいたくて……」

「たのみごとかな、ダオ・リン」女カルタン人のことはよく知っているので、彼女がうれしくない話をしようとしているのはわかった。しかも双方にとってうれしくない話を。そうでなければ、だれにも話を聞かれない時間を選びはしない。

「そのとおりだ、名歌手。《ナルガ・サント》でなにが起こったかは、聞いているだろう。この世代船の破片は、ブラックホール、ポイント・シラグサの近傍を漂っている。惑星サトラングから約三十万光年の位置だ」

「それは知っている」かれはカルタン人の発した音《おん》を、ソフトに調和的に模した。ぶっきらぼうな音から美しい響きをつくるのを楽しんでいたのだ。

「それならくわしく説明する必要はないだろう。ただこれだけはいっておく。《ナルガ・サント》のこりの五分の一には、わが種族が多数生活していた。かれらは原始状態にもどり、不運なことにもはや長くは生きられない。そこで提案したい。わたしの仲間の十二名と、《ハーモニー》にいるあなたとわたしで、独自に支援活動をはじめられないかと。かれらの世話をするような者は、ほかにいない」

なるほどそういうことか、とサラアム・シインは考えた。ダオ・リン＝ヘイの提案は、容易に実現できるものではない。ことにいまはどこもかしこもカオスのただなかだ。たしかに《ナルガ・サント》のカルタン人は問題だ。ずっと以前、乗員たちは封鎖された故郷銀河に到達するために、ブラックホールに向けて出発した。いずれにせよ、人々はそう考えていた。その後、この巨大宇宙船は破壊され、のこった五分の一だけが大宇宙のポイント・シラグサのあたりを漂っている。

だがサショイ帝国の人類とハウリ人の奴隷はどうなった？　潰滅的な戦争の結果に、いまだに苦しんでいる種族たちは？　これらの戦争が過去数百年に起こったことを、サラアム・シインは知っている。六百九十五年のあいだには多くのことが起こりうるし、事実そうだったのだろう。かれの考えでは、ダオ・リン＝ヘイの尽力は方向性がまちがっている。人は過去を解明し、さらに未来をみずからコントロールしていかねばならない。すべての支援活動は、それがどんなものであれ精力の浪費というもの。

「さあどうする、名歌手？」

かれは答えるために環状発話膜をふくらませようとしたが、できなかった。ダオ・リンは自分でもわかっているにちがいないのに、気づかないふりをして歌うことなどできようか？　サラアム・シインは苦しまぎれの嘘をついて、その場をおさめようとした。

「アトランとそのことを話してみよう。ペリー・ローダンが大マゼラン星雲のグラドのもとにいるかぎり、わたしは決定をかれにゆだねる。それがいちばんいい」

「あまり希望が持てないな」と、女カルタン人がいった。「わたしがすでにかれにかけ合ったことは知っているだろう。アトランの答えも予想できるはず。あなたは自分の義務から逃げだそうとしているんじゃないか、名歌手！」

彼女はすっかり腹をたてて跳びあがり、プロジェクター・ボウルの中央から《ハーモニー》内部に通じる反重力シャフトに姿を消した。サラアム・シインはみじめでならなかった。もちろん彼女は正しい。それはおたがい知っているのだが、かれは認めるわけにはいかなかった。かれにそういう選択を迫るのは、正しいといえるか？　彼女はかれを苦境に追いやることになると考えなかったのか？　いや、絶対にわかっているはず。あとになってから、ダオ・リンのたくみな策略に怒りがわいてきた。かれは罪悪感を持つまいと決めた。

不機嫌なまま、かれはシントロニクスにプロジェクションを出すように指示。サラアム・シインは、観客でいっぱいの音響ドームにいる気分になった。五十名のオファルの生徒たちが、シオム・ソム銀河の紋章の門の歌をうたいはじめ、かれは身じろぎもせずにそこにすわって、この場面は現実なのだと思いこもうとした。それがかなうなら、かれはなんでもさしだすだろう。

＊

船内時間で二十時。かれはシントロニクスに《ペルセウス》に向かうように命じた。宇宙船はゆっくりと、六百九十五年前には銀河技術の粋をきわめていた直径二百メートルの球型船の横に移動。いまでは《ペルセウス》の設備はかなり時代遅れだが、かれらはまだそのことをあまりよく知らない。

サラアム・シインは、ティフラーのところに顔を出すかどうか迷ったが、結局見あわせた。そのかわりにかれはエアロックのサービス記憶バンクに、メリルのキャビンがどこかたずね、そこに向かった。外側からは、ハッチの向こうでなにか異常なことが行なわれている気配はなかったが、独特なにおいが漂っている。オファルの嗅覚器官はするどくはないので、サラアム・シインはとくに気にとめなかった。

「待っていました。なかへどうぞ」

名歌手は驚き、膨《ふく》らませた環状発話膜から空気を漏らした。自分がハッチの前に立っているのが、なぜメリルはわかったのか？　カメラはなく、彼女がさっき使っていた通話装置しかないのに。

「さあ、はいって！　わたしの時間は、待つのじゃなく、もっとだいじなことをするためにあるんですから！」

サラアム・シインはかれの触腕でハッチの開閉装置に触れた。ハッチはしずかにわきへスライドした。キャビンから、よくわからない風変わりな芳香が流れでてきた。彼女はたぶんキャビン内の換気装置を絞っているのだろう。そうでなければ、排気は通廊でなくシャフトに吸引されるはずだから。

「さあ、はいって！」

メリルの声には焦《あせ》りがあった。サラアム・シインは彼女の姿が見えなかったが、このキャビンのどこかにいるにちがいない。かれは決心してなかにはいった。背後でハッチが閉まり、明るい通廊からかれは遮断された。キャビンは赤い光でほどほどに照らされていた。デスクの上のろうそくからほのかな光と芳香がひろがっている。

「照明は気にいっていただけました？」

サラアム・シインは振りかえり、まるで自分を驚かそうとしているように壁ぎわにじっと立っている女を見た。

「そんな疑いのまなこで見ないで」と、メリル。「ひとまず、わたしにじゃまされずにここを観察するチャンスをあげようと思ったのよ。わたしには秘密も悪意もないわ」

スクリーンごしでは女の顔しか見えなかったが、いまは全身が見え、サラアム・シインの第一印象はあながちまちがいでなかったとわかった。彼女はブルーのこざっぱりとした乗員用コンビネーションを着て、足には薄い靴底のサンダルをはいている。コンビネーションの下になにを着ているのかはわからない。

「きっと、わたしは変な女だっていわれたんでしょ」彼女は頸筋の白髪をお下げに編んでいるところだった。「カードであれこれ占っているという話もね」

かれはとっさになんと答えていいかわからず、黙っていることにした。

「でもその噂は、わたしたちのじゃまにはならない」と、メリルは怒気をふくんだ声でいった。「わたしはこのキャビンを《ペルセウス》内の自分のかくれ場みたいにデザインしたの。わたしは脅威ではないから、かれらもほうっておいてくれる。こっちがなにを知っているかも、かれらはわかっていない。でも、わたしの知識はかなりのもの。信じてちょうだい。そのほとんどはカードが教えてくれた。時間跳躍のことだって、それが起こる一週間前から知っていたわ……」

サラアム・シインはそれを疑念にみちた和音でさえぎった。

「もちろんわたしもその時点でいうべきだったけど、だれが信じてくれる？　だれがカードを信じるの？　変更は不可能だった。わたしはね、名歌手、あなたはほかの人と同じようなまちがいをしないようにと願っている」

「あまりわたしからいうことはないが」かれの答えは、おさえた低音部と、響きを充分に発揮させるためのプシオンで構成されていた。「わたしはあなたのカードのことでここにきたのではない。このメロディに興味があったからだ。どうやってこれを出したのか？　この音の意味は？」

「あなたをいつまでも煙《けむ》にまく気はないわ。このメロディはいわば撒き餌《え》みたいなもの。シフト外の時間をつぶすには、ときにはひと工夫しないとね……」

　サラアム・シインは怒った。「まるでわたしをあなたのひまつぶしのために利用するといわんばかりじゃないか。この宇宙船の乗員じゃだめなのか？」

「利用という言葉はあたらないわ」と、メリルが訂正した。「利用しようなんて思っていません。もうだれもカードに関心をしめさないけれど、あなたには先入観がない。だからわたしのすることを正しく評価できるはず。それにまだメロディはあるの。よければその秘密を教えましょうか」

「そう願いたい！」サラアム・シインは自分が気を悪くしていたことを、たちまち忘れてしまった。

　かれははじめてキャビンを見まわした。数平方メートルの空間はものでいっぱいだった。可変シートが三脚、透明なヴェールがかかっているベッド、使用目的がよくわからない品々が一ダース以上。そして一隅にその〝器具〟があった。

「これはなにかな？」と、かれはたずねた。

「最新式のシンセサイザーよ」と、メリル。「これでメロディをつくったの。接続部を介して船載シントロニクスとつながっているから理想的。あなたが知っているすべての歌の音色の値《あた》いがインプットしてあるの。そこから抜粋をつくれるというわけ。あなたの〝スタイル〟といってもいいわ。最後にわたしのアイデアをちょっとくわえて、それでメロディは完成」

「そんなにかんたんに？」サラアム・シインは驚き、疑わしげにシンセサイザーを見た。鍵盤にはテラニアのピアノにならって五十以上の黒と白の鍵があり、さらに光表示もいくつか。「もう一度、弾《ひ》いてくれないか」

「お望みでしたら」

あのメロディがもう一度鳴り、サラアム・シインはメリルがいったのは真実だとわかった。「すばらしい」と、かれは正直に認めた。「気にいったよ」

「だったら、わたしのほかの才能にも興味を持ってもらえるかしら？」

サラアム・シインはちょっと考えたが、結局同意した。せっかく《ペルセウス》まできたことだし。半時間ほど時間をむだにしても、たいしたことはあるまい。彼女の願いを聞きいれたことで、この訪問も最終的になにかの役にたつかもしれない。銀河系船団が六百九十五年を失ったとわかったときから、テラナーは多かれすくなかれ、精神が不安定な傾向がある。かれは前に《シマロン》で心を病んだ乗員を助けたことがあった。

「いいだろう。カード占いをお願いする」

名歌手はことの成り行きを複雑な気持ちで見守っていた。なぜ？　それが自分でもわからない。メリルはつくりつけの棚をひっかきまわし、カードのセットを探しているらしい。人類とは骨格がちがうサラアム・シインは、快適にすわれるようにシートの位置をすこし調整した。短い脚を床の上でぶらぶらさせ、十二本の触腕のうちの四本で胴体を支える。樹皮状の皮膚がクッションのかわりだ。

「さあ、準備ができたわ！」

彼女は自慢げにぶあついカードの束をかかげた。かれの向かいにすわると、腕でプラスティック製カップをわきにどけ、その束をろうそくの横に置いた。「ぜんぶでカードは百七枚」と、説明する。「どのカードもそれぞれ意味があって、ほかのカードと関連づけることでまた新しい解釈が生まれるの。まずは過去と現在の状態をざっと見てみる。本当の問題に向きあうための準備よ」

彼女は両手でカードを持ち、慎重に切った。

「まずは……」メリルは上の数枚をとりわきに置くと、最初のカードを開いた。入りくんだシンボルがろうそくの光を受けてほのかに光っているが、サラアム・シインはその意味がわからなかった。「仲間たちは……」と、彼女はいった。「孤立している。どういう意味かわかるでしょ。ドリフェルが外界から隔絶されてから、十四隻は停滞フィールドにつかまってしまった。《ペルセウス》、《シマロン》、《カルミナ》、《ハーモニー》などがね」

彼女はさらに二枚のカードを開いた。

「六百九十五年が経過し、わたしたちはそれにまったく気づかなかった。通常の時の流れにもどってみると、周囲の事情が変化していた。以前とはまったくちがう。局部銀河群では恐ろしい戦争が起こり、友も親族もみないなくなった。でも故郷銀河はどうなった？」もう一枚開く。「故郷銀河の状況は？　わたしたちは狂気のバリアを発見した。星の島々全体を遮断する通りぬけられないバリアを。突破を試みてラトバー・トスタンと《ツナミ＝コルドバ》を失ったけれど、それでもわたしたちはあきらめていない。最悪なのは仲間たちの死」

次のカードは、メリルがその前にめくったカードと同じだった。躊躇《ちゅうちょ》することなく、彼女はつづけて三枚を開いて隣りに置いた。ろうそくのほのかな光が彼女の目に反射し、サラアム・シインは困惑して口笛を吹いた。

「そしてわたしたちはもうひとりの仲間を失った。停滞跳躍以前の仲間、サトラングの隠者、ジェフリー・アベル・ワリンジャーよ。銀河系の支配者たちがかれの細胞活性装置をうばい、死刑を宣告した。六十二時間もかれを不安と苦悶におとしいれ、希望もなく……」

「ちょっと待ってくれ！」オファラーが興奮して歌でさえぎった。「だれが活性装置をうばったのか、われわれはこれまで知らなかった。ただ幻影のような宇宙船を探知し、そこに犯人がいるのだろうと推測したのみだ。だがそれが銀河系の支配者だというのか？」

「カードにはそう出ているわ」と、メリル。「これは信頼したほうがいい。カードは真実だから。カードは宇宙のいとなみを小規模に反映しているものなの」

サラアム・シインはしばらく黙った。この女の言葉をどの程度信じたらいいのか、どれほどの真実がかくされているのか、どれがたんなるつくりごとなのか、わからない。名歌手のかれは、メリルがおかしいかどうかを聴覚で確認できるはずなのだが、そのような印象はなかった。行動は風変わりだが、責任能力はありそうに見える。もっとも、カードはかれの世界像にそぐわなかった。ありえない話じゃないか。印刷された紙切れの占いなんて、偶然の産物だ。

でも……メリルはたったいま、証明されていない推測を真実だといってのけた。だが彼女は未来についてはまだなにもいっていないじゃないか、とサラアム・シインは自分をおちつけた。たぶん彼女はそれを避けるだろう。

次のカードだ。

「遠方の仲間……」と、メリルは突然しゃがれ声になっていった。「つまり、大マゼラン星雲にあらわれた《シマロン》、ペリー・ローダン、レジナルド・ブルのことだけど。

かれらはグラドのところ、リシュタル星系の惑星アイシュラン＝ホにいる。いまのところ元気そうね」

カードを見てそんなことがいえるなんて不可能だ、とサラアム・シインは口をはさもうとした。だが聞いていると、メリルが心の奥底から自分の言葉を信じていることがよくわかる。ろうそくの煙が数秒間かれの呼吸孔を詰まらせた。どこから彼女はこの太さ二センチメートルの赤いろうそくを持ってきたのか？　自分の持ちものか？　船内リサイクリングでも、こうしたものができるのかもしれない。環状発話膜がいまにも裂けてしまいそうで、オファラーは必死に気をとりなおした。もしもメリルがろうそくを必要としているのなら、かれのために断念する理由はない。

新しいカードがまた何枚もテーブルにならべられた。

「アイシュラン＝ホ……あなたは《シマロン》の乗員たちと会うことになる。でもそれは考えているよりずっと遠い道のりだわ。友たちはあなたといっしょにいることに満足せず、ほかの友たちは危険を回避するためにあなたをだますでしょう。そしてさらに……」

サラアム・シインは、はじめて女テラナーの言葉が不確かさのために震えているのに気づいた。次のカードをどう解釈してよいのかわからなくなったのか？　彼女はかれをだます気がないということか？　まだ八十枚のカードがのこっていた。ろうそくの光が突然明るくなり、燃えている芯と接触している蠟《ろう》が黒くなった。天井に黒煙がたまっている。

「不安になってきた」と、メリルがささやいた。「すごく気がかりだわ」彼女は順番に積みかさなっているカードを開いていった。「いまわたしが見たカードは、占うことができない。混沌状態よ。あなたは苦しむ。痛みを感じる。そしてさらに……いや、そんなはずはない！」

「どうした？」名歌手がたずねた。かれのメロディは不正確で、プシオン成分が音響成分ともはや調和していない。なぜ空調装置は、ろうそくの煙をさっさと排気しないんだ？サラアム・シインは自分が過敏に反応しすぎていると感じた。必死に自制する。

「まだよくわからないけれど……ともかくあなたは傷を負う。かなり重いけがを……」

カードが一枚また一枚と開かれていく。数秒前から、メリルはカードをきちんとならべることに注意をはらわなくなった。自分の指のおもむくままにカードを開いているのだ。

サラアム・シインは女が直感で動いているとわかった。「あなたが知っていることを教えてほしい！」と、かれははげしい調子で歌った。もはやなんの疑いもいだかず、自分が聞いたことを無条件に信じるかまえだ。

「まずは確証が必要なの！」

のこるカードは数枚のみ。

サラアム・シインはヒュプノの歌をうたいはじめた。それで女テラナーに影響力をあたえようとしたのだ。だがろうそくの煙が呼吸開口部からはいってきて環状発話膜を閉じてしまうために集中できない。

最後の一枚をのぞき、すべてのカードが開いた。

「不安なんだな！」と、サラアム・シインは甲高《かんだか》い声で彼女を責めた。

「あなただってもっと不安でしょ」と、メリルが暗い声で答えた。「これがあなたの将来なのだから」

「わたしの将来はこれで決まるわけじゃない！」名歌手は抵抗した。

「でも、それは避けられないことなの」

「カードを開くんだ。それがなにかもう知っているんだろう！」

「ええ、知っているわ」

メリルはようやく決心した。最後のカードは入りくんだシンボルで、かれはよくわからなかった。いや、待て、何本かあるこの線はテラの楽譜じゃないか？　そう、音楽だ。最後のカードは音楽と関係がある。

「これはどういう意味なんだ？」かれは有無《うむ》をいわせぬ強い調子でたずねた。

「悪いカードよ」彼女の額に汗がにじんでいる。「その前に出たカードと関係づけると、考えられる説明はひとつだけ」

彼女の沈黙は重い意味がありそうで、サラアム・シインは不安になった。「それでも教えてくれ」やっとのことでかれはいった。

「あなたは歌えなくなる」

2

アンテナ船

新銀河暦一一四三年七月十日。テラ標準年では四七三〇年。かれらは六百九十五年にわたって停滞フィールドに閉じこめられ、十四隻の宇宙艦船の乗員はみな、これほどの時間が経過したことに気づかなかった。

〝きょう〟はかれらの目から見た〝きのう〟とは異なっていた。局部銀河群ではハンガイ、アンドロメダのみならず、銀河間の空虚空間でも戦争が猛威をふるっている。故郷銀河は通りぬけられない壁にかこまれていて、幽霊銀河と呼ばれていた。そこからだれひとりもどってこられない〝はるかなる星雲〟とも呼ばれている。クロノパルス壁の向こう側の封鎖ゾーンからは、まったく音信がなく、解釈が可能な探知結果もなかった。

しかしかれらは突破しなければならなかった。いかなる犠牲をはらっても、故郷銀河にもどり、そこでなにが起きたのか確認しなければ。悪魔はテラのホールにいる、と殺されたジェフリー・アベル・ワリンジャーはいっていた。だがその言葉の真意まではわからなかった。

ペリー・ローダンは通常のパターンは通用しないことを知っていた。正体をあらわさない敵は、危機におちいることもない。いずれにせよ、ありきたりの方法では……そもそも故郷銀河に敵がいることは確実なのか？　いや、最初からそうだったわけではない。テラナーは《シマロン》の司令室の自分のシートに深々とすわって、思いをめぐらしていた。もっとも現在の状況は、それを肯定している。クロノパルス壁、ワリンジャーの殺害、数々の噂も。

「スタート準備完了！」

《シマロン》の首席操縦士で船長のイアン・ロングウィンのちいさいがはっきりわかる声がした。ロングウィンはかれから見てふたつ先の席にすわり、かれとローダンのあいだにはレジナルド・ブルがいた。

「あと数秒でアイシュラン＝ホを出発」

ローダンはとくに悲しくはなかった。マゼラン星雲のこのグラド惑星にいたのは、ここでシュプールを見つけられると思っていたから。だがハルト人イホ・トロトの所在がわかるようなヒントはなかった。かれ自身と同じく、トロトは潜在的な不死者の集団に属していた。かれは過去六百九十五年間に起こったことを、知っていたかもしれない。

ローダンはアイシュラン＝ホにおける調査の唯一の成果を思い出していた。それは短い録画である。背丈が三・五メートル、肩幅が二・五メートルで、黒い皮膚、四本腕の巨人は、いつもどおり非常に印象的だった。「わたしにつづけ、友よ！」と、かれは叫んでいた。友好的な微笑を浮かべ、子供を抱きしめる母親のように腕をひろげて。かれはこれといった特徴のないひろびろとした場所に立っていた。背景には奇妙なかたちの建物がそびえ、その前には見知らぬ構造の宇宙船。「わたしは過去の柱へつづく道にいる……」

それだけだった。情報としてはすくなすぎ、かれらは目的を充分にはたせずに銀河系船団のもとにもどった。

「スタート許可をあたえる！」と、イアン・ロングウィン。「さあ行こう、ララ」最後の言葉は、副操縦士をつとめる隣りのラランド・ミシュコムに向けられていた。ふたりは呼吸がぴったりで、どのような状況でも乗りこえる力がある。

《シマロン》の下方で、地表がたちまち沈んでいく。

錯覚だ、とローダンは思った。じつは宇宙船のほうが遠ざかっているのだ。急激な加速をせずに、かれらはアイシュラン＝ホをあとにした。居住惑星は暴力的なスタートを許さない。くわえて《シマロン》は惑星上での滞在には適していない構造だ。その分、自由空間での可動性はすぐれている。

「故郷銀河に針路をとります」と、ロングウィンが大きな声でいった。

ローダンは数時間前から最適ルートが確定していたのを知っていた。正確な目標は、集合ポイント、フェニックス＝1、サトラングから百八十五光年、球状星団M‐30外縁部から百十光年の故郷銀河ハロー部だ。そこではつねに銀河系船団の一部が、不在の宇宙船の帰還を待っているはず。

ローダンとブルが同時に視線を探知機に向けていたのは、たんなる偶然だった。ふたりとも同時にはっとしたのだが、最初はその理由がわからなかった。ものすごい速度でも無意識に状況を把握できるのは、かれらの豊かな人生経験のおかげだろう。

「ちょっと待て、イアン！」ローダンがあわてて叫んだ。「まだ超光速飛行にはいるな！　もうすこし待って、《シマロン》を軌道にのせておくんだ」

かれは首席操縦士のけげんな顔を無視した。だがなぜ自分は驚いたのか？　ローダンは自問した。探知機だ。隣りのブルもたしかに見ていた。アイシュラン＝ホは自由貿易惑星で、大マゼラン星雲のあらゆる惑星からやってきた数十種類の宇宙船がいた。多数のリフレックスのうちのどれがローダンをはっとさせたのか？　おそらくそれは探知リフレックスだけでなく、シントロニクス結合体がときおりスクリーンに送ってきた輪郭図のせいだ。

レジナルド・ブルも似たように考えたらしい。この赤毛のずんぐりした友は、過去二分間にスクリーンにうつしだされた映像すべてを再生するようにもとめた。

二回めの再生でふたりはすぐに反応した。

「ストップ！」ローダンとブルがほぼ同時にいった。これにちがいない。すべての表示とカラフルなグラフのなかから、かれらは一発でひとつの輪郭図を選びだした。ほかのすべてのスクリーンがふたたび通常に作動しているのに対し、その画面だけが停止している。

「これがすぐにわかったんですか？」ラランド・ミシュコムが半信半疑でたずねた。彼女は美しいといえるだろうが、十五キログラムほど多めの体重が第一印象を損ねているといえなくもない。「まったく未知のタイプの宇宙船ですが、どうしますか？」

「まずは目をはなすな」ローダンはイアン・ロングウィンのほうを向いた。「この構造はまったく未知というわけではない。ただ、実物が動いているのは見たことがない」

ひと目見たとき、ローダンは地球で原子力時代の初期に見られた大型戦艦の甲板上構造物を思い出した。まだちいさかった当時のかれはその姿に驚嘆したものだった……その宇宙船の全長は二百八十メートル、幅はいちばんひろい個所が百五十メートル。中央部の高さは八十メートル。胴体部のいたるところにアンテナのような甲板上構造物がある。送信機や大砲、それに類する設備だろう。そうした設備の多さが、この宇宙船の映像の特徴で、ローダンがただちに反応したのもそのせいだ。

「教えてください！」と、ラランド・ミシュコム。「口を開かないカエルは、ハエを捕まえられないっていうじゃないですか。どんなタイプの宇宙船なんです？」

「わたしにつづけ、友よ！」黒い皮膚で四本腕の巨人が叫んでいる。かれはひろくてこれといった特徴のない場所に立っていた。背景には奇妙なかたちの建物がそびえ、その前には未知の構造の宇宙船があった。その胴体部からさまざまなアンテナが突きでている……

「われわれがアイシュラン＝ホで発見したイホ・トロトのメモ・キューブをおぼえているか？　かれは、自分を追って、過去の柱にくるように要求していた。それがどういう意味か、われわれにはわからなかった。アイシュラン＝ホでもだれもわからなかったらしい。だがすくなくとも録画の背景にうつりこんでいる宇宙船の一隻は、こういうアンテナ船だ」

「つまりすこしわかってきたわけですな」と、レジナルド・ブル。「これはイホ・トロトにつながるシュプールかもしれない。わたしは、ここにとどまることを提案します」

「でもあまり近づかないようにしましょう」イアン・ロングウィンは半信半疑のままいった。「ちょうどこの未知のものたちがグラドとコンタクトしています。われわれがコードを解読して言語を分析するまで、すこし時間がかかります。いま記録していますから」

ローダンは思案顔で同意した。かれらは二四〇〇年ごろイホ・トロトと知りあいになった。そしてそれが、島の王たちとの抗争のきっかけとなったのだ。ハルト人は人類の友だった。かれは細胞活性装置を持ち、潜在的な不死性があるから、失われた六百九十五年を生きのこっただろう。なにが起こったかも知っているにちがいない。銀河系の新しい支配者のことも。

「アンテナ船がまた加速しました！」ロングウィンが警告を発した。「着陸せず、航行をつづけています！」

「航行再開」と、ローダンが命じた。

「かれらははやすぎます！」

「やってみるんだ。グラドはわれわれの加速ベクトルから意図を察知しないから」

一分後、アンテナ船は突然消えた。ローダンは測定器の表示を一心不乱に見ている。宇宙船はリニア飛行にはいらず、かなり原始的な方法で遷移した。旧式のジャンプ船だ！　この宇宙船がふたたび見つかる希望が見えていた。

「イアン」と、かれ。「探知機は再物質化エコーをとらえたにちがいない。以前とまったく同じように。ということは、このシントロニクス結合体がいかにはやく計算し、いかにはやくアンテナ船が次のジャンプをはじめるかが重要になる」

「エコーをすでにとらえました」と、シントロニクス。「目標物体は十光年の距離に出現しています。《シマロン》はひきつづき加速します」

数秒以内にかれらは超光速飛行に充分な段階にはいった。しばらくしてLFT船は通常空間に復帰したが、未知宇宙船のシュプールはなかった。われわれのチャンスはかなりすくなくなった、とローダンは考えた。数時間後、まだ新しい手がかりがつかめなかったので、かれは決断をくだした。

「もう意味はない。われわれの最後のチャンスはリシュタル星系のアイシュラン＝ホだ」

「なぜそこなんです？」と、ラランド・ミシュコムが訊いた。

「かんたんなことさ。グラドはアンテナ船とコンタクトした。われわれはかれらに異人についてたずねる」

＊

緊急の交信をするまでに半時間以上かかった。ローダンの前のスクリーンに、典型的なグラドの男があらわれた。うつしだされている上体から察するに、背丈は百七十センチメートルほどで、たてがみは手入れが行きとどいている。額がせまく、顔は大きい。

「わたしの名はウオピッツ。どんなご用ですかな？」そっけない声だ。「だれなんだ、あなたたちは？」

「しらばくれるんじゃない」と、ローダンは応じた。かれはのっけから攻勢に出るつもりだ。「《シマロン》のことをなにも聞いていないのなら、驚きでしかないな……わたしは通信ステーションの所長と話したい」

「ありえません！　わたしでもいいでしょう。わたしだって、力になれるかもしれませんし」

　突然、相手が媚《こ》びへつらうような口調になった。おおごとにせず、ペリー・ローダンをこのまま追いはらおうとしているようだ。ローダンはウオピッツが好きでなかった。このグラドはそれほどかしこそうでないが、強情で自信家のようだ。

「いそいでいるんだ」ローダンはあえておちついた声でいった。「だから、わがほうの兵力をあえていいたてたりするつもりはない。三時間前にわれわれがアンテナ船と呼んでいる宇宙船がリシュタル星系に到着した。わたしがなんのことをいっているのか、わかるはず。そこで一番めの質問だが、きみたちはこの宇宙船となにを話し合ったのか？　二番めの質問は、あの宇宙船はその後どこに向かったのか？　そして最後に、このタイプの宇宙船はどこに行けば見つかるのか？」

「それだけですか？」と、ウオピッツ。人類とは異なるその顔に、小ばかにしたような表情が浮かんだ。

「当面は、そうだ」

「ご期待にはそえませんな、未知の人よ。あなたの質問には答えられない。残念だが。われわれのシステム監視装置には、もっと情報があるかもしれない。ひとまず着陸し、書類に記入してもらいましょうか。そうすれば……」

ペリー・ローダンはそれ以上聞いていなかった。わきにいるレジナルド・ブルがかれの袖を引っぱったからである。

「こんないやなやつを相手に時間をむだにしないほうがいいですよ、ペリー。あいつは時間かせぎをしているだけ……」

「わたしもそのつもりはない。ウオピッツが歩みよるつもりがないなら、こっちが歩みよる。もっとも、文字どおりの意味でね。グッキーをかれのところに送りこむのさ」

「ちょっと、その前に聞いてください」ブルがにやにやしながらいった。「ちびはきっとよろこぶでしょうが、その必要はないかもしれません。ようやくグラドとアンテナ船の交信を解読できました」

「すこし待ってくれ、ブリー」ローダンは、待たせておいたスクリーンのウオピッツのほうを向いた。「十分後に着陸する。それまでに、必要な正副の書類をそろえておくか、それともわれわれがきみに報復するかだ。こっちの力がどれほどか、わかっているだろうな」

「そんなすぐには準備できません」グラドが狼狽《ろうばい》して答えた。

「それはそっちの問題だ。われわれはきみを個人的にたよりにしているのでね」

ローダンはスクリーンを切った。かれは誘惑に逆らえなかったことをちょっと恥じていた。下のアイシュラン＝ホでは、あのグラドが逃亡しているか、上司に泣きついているかだろう。ローダンは探知装置に目をやって、良心の呵責《かしゃく》からのがれた。《シマロン》は完全に動きをとめているから、ウオピッツもいずれそれに気づくだろう。

「つぎは交信の解読結果だな」と、ローダン。

「あなたのシートの前のモニターにテキストを出しておきます」と、イアン・ロングウィン。「口頭のテキストではなく、シンボル・コードです」

「ありがとう、イアン」

ローダンは興味津々《きょうみしんしん》で通信内容を見た。異人たちは〝ベカッス〟と名のり、リシュタル星系にきた理由については黙している。グラドは事情がわかっているらしい。いずれにしても、かれらが即答したことからローダンはそう推論した。《シマロン》に気をつけろという警告がこれにつづく。ベカッスは、問題が起きる前にいそいで逃亡するように忠告されていた。

ローダンはこれを読んでもよくわからなかった。ただ、最後のほうにヒントがあった。アイシュラン＝ホの当局はベカッスに、〝マゼランの精神の中心地〟、すなわちラシュタ星系に迂回するよう指示していたのである。

その星系の座標はわかっている。

レジナルド・ブルは期待にみちた顔でかれを見た。「ほら、ペリー、手がかりがありましたよ！　これで先に進めます！」

「そうだな、太っちょ。イアン、スタートするぞ、ラシュタ星系に向けて。それと見つからないように通信ブイをのこしていく」

ロングウィンはかすかにほほえんだ。「すでにそうしました。まずは銀河系の方向に超光速飛行にはいることを提案します。グラドはそれに気づいて、われわれがあきらめたと考えるでしょう。あとで正しい針路に方向転換します」

ローダンとブルは目で合図して確認しあった。

「わかった」と、ローダン。「だが、急がないと。ベカッスは先行しているから。われわれが到着する前に、出発していなければいいのだが」

「心配はありませんよ」と、ブルがなだめた。「遷移船でいっしょに宇宙を飛行した当時をおぼえていますか？　あれはなかなか大変でしたからね。あの異人たちもそうやすやすとはこなせないはず。休止が必要になります。かれらはつかまりますって。チャンスはあります」

「いや、ブリー、チャンスがあるとはいえない。だがイホ・トロトのシュプールを調べたいなら、われわれがとる道は、これしかない」

ローダンはひとまずシートに身を沈めた。この機会にエイレーネとコヴァル・インガードのために時間をさけるかもしれない。それも悪くない。

＊

かれは娘と惑星ブガクリスの小男を《シマロン》の船尾、第三格納庫で見つけた。すこし前からこの格納庫は重要な意味を帯びていた。仕切りのついたホールのなかに、ハミラー・チューブがおさめられているからである。六百九十五年の停滞跳躍がもたらした最大の秘密のひとつだ。この得体《えたい》のしれない箱のなかに、これから役にたつだろうなにかがあるのだろう。だがその箱のなかにはいることができない。

かれらは分解された状態の《バジス》を発見した。人類がつくった二番めに大きい飛翔体が、あたかも自分から分解してしまったようだった。ありえなくもない、とローダンは考えた。そもそも《バジス》はそういうかたちで生まれたからだ。だが、なぜ？　どう説明したらいい？　宇宙船の制御脳であるハミラー・チューブだけは救出でき、かれらはこの出来ごとのいきさつを知ろうとした。

これまでのところ、まったく成果はあがっていない。チューブは明らかにおかしくなっていて、明晰な言葉を話さない。

エイレーネとインガードはチューブの前に立っていた。ふたりは同時にしゃべり出し、ローダンはほとんどなにも聞きとれなかった。チューブは高さ四メートル、幅八メートルの銀色の壁で、平面の一部のようにニッチに埋めこまれていた。通常の思考機械がそうであるように、もちろん制御エレメントもある。もっとも共通しているのはそれだけだった。ハミラー・チューブはあけられないし、スイッチを切れない。

「そこでなにをしてる？」ローダンがたずねた。

　エイレーネはぎくりとして、振りかえった。「あっ、どうしてここに……」

「だれを待っていた？　格納庫主任か？」ローダンはほほえんで、なだめるように両手を娘の肩に置いた。「驚かすつもりはなかった。すまん」

「いいの」と、彼女。「好奇心に駆られてここにきただけ。科学者の実験のじゃまはしないわ。コヴァルがハミラー・チューブからなにかおもしろいことを聞きだせないかといったものだから」

　ローダンはブガクリスの男を疑うように見た。いつもどおり、かれは上着とズボン、故郷惑星のグレイのドラゴン革のブーツ、ヘアバンドというでたちだ。肩までとどく銀髪は洗いたてらしい。エイレーネの影響が徐々に出ているのだ。ついこのあいだまで、インガードは銀河系の先端技術の恩恵に浴することを拒否していたのに。

「で、きみたちの実験のほうの成果は？」

「ぜんぜん」と、インガードがエイレーネにかわって、不機嫌に答えた。「もうやめようと思っていたところです」

ローダンは心配しつつもはげましの視線を送り、「みんなそうさ」と、なぐさめた。「《シマロン》がラシュタ星系に到着するまでまだ時間がある。食堂でいっしょにコーヒーでも飲もうか？」

「ええ、もちろん！」エイレーネはよろこんで答えてから、わきにいるブガクリスの男を見た。「あなたはどう、コヴァル？」

インガードは鼻にしわをよせていたが、やがて表情が明るくなった。「きみたちのそういうライフスタイルにはなじまないんだが、コーヒーは好きさ！」

＊

ラシュタ星系はアイシュラン＝ホから千七百光年の距離にある。かれらはひとまず故郷銀河、大マゼラン星雲外縁部の方向をめざすと見せかけた。ラシュタは地球の太陽と似ていて、八つの惑星があり、第二惑星と第三惑星は星系の居住可能ゾーンを周回している。

第二惑星はオッパクという名だ。

この惑星はグラドの一種族、シャンガントの精神と科学の中心地になっている。グラドにとってその意味ははかりしれない。シャンガントはグラドの思想家であり、最大の精神的なポテンシャルを有している。

ローダンはオッパクが危険な土地だと知っていた。軍事衝突はたぶんここでは起こらないだろう。しかし、一歩まちがえれば、マゼラン星雲の半分が襲いかかってくるにちがいない。目下の急務は外交術だ。

もしもベカッスのアンテナ船がラシュタ星系に到着したら、コンタクトすべくいろいろやってみよう。しかし、もし……ローダンはべつの可能性を考えてぞっとした。アンテナ船はたんに針路を変えただけかもしれないし、あるいは遭難したかもしれない。そうすれば、かれらはけっして見つからないだろう。イホ・トロトと過去の柱に通じる唯一のシュプールがとだえてしまう。

「通常空間に復帰します！」ラランド・ミシュコムがいった。

同時に、超光速段階では使用可能なシグナルを受信していなかったスクリーンがまた動きはじめた。ラシュタ星系ではありとあらゆるタイプの宇宙船が群れていて、全容がわからないほど。惑星間輸送にしか向かないちいさなユニットもいるし、探知リフレックスによれば研究用らしい宇宙船もいるが、大型貨物船はわずかで、戦闘艦はほとんど見あたらない。

これはマゼラン星雲が比較的平和だということを裏づけている。共通の意識が芽ばえ、ラシュタ星系のような精神の中心地には、防護は必要ないということ。

「ひとまずオッパクをめざそう」レジナルド・ブルが首席操縦士に指示した。「その先どうするかはそれから考える」

ローダンは探知スクリーンをじっと見ている。八つの惑星はどこもそこその建物がたっていたが、注目に値いするのは第二惑星と第三惑星のみ。この二惑星は呼吸に適した空気があり、まずまずの温度なので、グラドは地上に建物をたてていた。オッパクの直径は地球の三倍ほどで、重力はわずかに高い。ふたつの衛星が二惑星のまわりをまわっていた。その名前はシッラとアオンタン。

惑星オッパクとふたつの衛星にはなにかありそうだ、とローダンは考えた。あのアンテナ船がここのどこかにいるとしたら……

「なにかシュプールは？」と、かれはたずねた。

「なにも」と、イアン・ロングウィン。「シントロニクスがすでにその旨をお知らせしたはずですが」

船長からこんなふうにさとされるのはつらい。これからの数時間は、とくに言動に気をつけなければ。依然として多くの乗員がかれを観察し、それにならって行動しているからだ。はっきりしたシュプールがないのなら、忍耐して待つのみ。

「オッパクから交信がありました」と、ロングウィン。「われわれに進入路をしめし、着陸の目的をたずねています。なんと答えましょうか？」

「そもそも着陸する必要がありますか？」レジナルド・ブルが思案顔でいった。「もしもベカッス船が出現したら、宇宙空間にいたほうがすぐに対処できます。そうでないと、また逃げられるかも」

ローダンはちょっと考え、「いいや」と、いった。「きみの主張はあたっていない。ベカッスはかなり前からすでにここにいるという前提にたたないと。可能性はふたつだ。かれらはどこかのかくれ場にいるか、グラドがかれらをべつの場所に送りだしたか。とりあえず、どっちでも同じようなこと。われわれは着陸し、コンタクトをとらないと」

レジナルド・ブルはなにかつぶやいた。ローダンはそれを、かれがしぶしぶ同意したと解釈した。「いいでしょう、着陸します。なんのために着陸すると説明しますか？」

ローダンはほほえんだ。「かんたんさ、本当のことをいうんだ！　探している相手がいると。くわしい情報は着陸後でいい」

*

《シマロン》は人口密度の高い都市の近くにおりた。本来、惑星に着陸するのに適した構造ではないが、衝撃フィールドや地面におりるための反重力リフトのような必要装置はあるのだ。周囲には無数の小型ユニットが駐機していて、《シマロン》も基本的に同じ部類だ。グラド船はほとんどない。ということは、異人のための宇宙港なのか？　ローダンは異人船が多いのは偶然だろうと考えた。異種族に対する不信感は、この種族の現在の世界観にそぐわない。

だが安心は禁物《きんもつ》。グラドはおのれの利益を守ることはいとわない。かれらは牙《きば》を抜かれたライオンではないのだ。

「宇宙港管理者と連絡がとれました」と、ラランド・ミシュコム。「ご自分で話しますか、ペリー？」

「ありがとう、そうしよう。わたしのモニターにつないでくれ」

数秒後、画面に白いたてがみの若いシャンガントの姿があらわれた。このグラドの亜種がたいていそうであるように、身長は百五十センチメートルほどで、骨格は華奢《きやしや》、その動きは優美といってもいいほど。〝純粋〟のグラドととくにちがうのは、そのふるまいだ。意識下では攻撃的でエネルギッシュなのだが、外見上はそのように見えない。

「わたしの名前はトゥムバンです」かれは友好的にいった。「どのようなご用件で？」

「わたしはローダンだ」テラナーはまず自己紹介した。「われわれはある人物を探している。あるもの、といったほうがいいかもしれない。長さ二百八十メートル、幅百五十メートル、高さ八十メートルの遷移船だ。おわかりだろうな？」

トゥムバンは否定した。

ローダンはくわしく説明してから、はったりをかけようと決めた。「この宇宙船をわれわれはアンテナ船と呼んでいる。乗員はベカッスだ。宇宙船がこの星系のどこかにいると確信している。われわれに協力してくれないのなら、自分たちで格納庫と工廠《こうしょう》を洗いざらい調べさせてもらう。なんならわれわれの船団を呼びよせて手伝わせる。わたしのいわんとしていることは、おわかりだろうな、トゥムバン？」

若いシャンガントにこのようにきつくあたるのは、ローダンの本意ではなかった。だがそうしないと捜索の時間を短縮できないし、ラシュタ星系の重鎮とコンタクトもできない。

「よくわかりました！」トゥムバンは、かなり腹をたてているようすだ。「ここで自分勝手にふるまえると思っているのなら、勘ちがいもはなはだしい！　暴力に訴えてでもわたしはそれを阻止します！」

この反応からいくつかのことがわかった。ローダンはグラドをばかにしたように笑った。「暴力？　このマゼラン星雲の精神の中心地でか？　根拠のないおどしなんて、ばかげているぞ。わたしはいますぐここの政府の全権代表と会いたい。半時間以内に」

「蛮人め！」トゥムバンの怒りはつのるばかり。「とんでもない思いちがいだ！」

ローダンは無言で通信を切った。

「かんかんになるまで怒らせましたね」ブルはとがめるようにいった。「あまり好意的とはいえませんが。なにかたくらんでいるんですな？」

「もちろんさ、ブリー。トゥムバンは完全に感情に流されていた。かれの反応は、わたしが正しかったことを示唆《しさ》している。アンテナ船はここのどこかにいて、トゥムバンはそれを知っている。かれらはアイシュラン＝ホからわれわれのことを聞いているんだろう。トゥムバンは迎撃役ってわけだ。役にたっていないがね」

「でも、そうすることでわれわれになにかメリットがあるんですか」ブルは当惑して近距離探知スクリーンを見ている。華奢な構造のヨットが飛びたち、軌道に向かうようすがカメラで追跡されている。

「かんたんな話さ。わたしの思いちがいでなければ、すぐになにか起きる……いや、スクリーン上で、という意味ではなく」

まだ話しているうちに、ローダンは後頭部のあたりで空気の流れを感じた。きいきい声がして、かれとブルは振りかえった。

「なにがあったの？」と、グッキーが訊いた。ネズミ＝ビーバーは一本牙をむき出しにして、挑戦するようにローダンを見ていた。すでに宇宙服を着ている。グッキーの毛皮でおおわれたちいさなからだに、尻尾におよぶまでぴったりフィットした裁断だ。なにくわぬ顔が、かえって嘘くさい。

「もう着ているんだな？」ローダンが逆に質問した。

「うん。まあ、よくわかんないけど……」

「テレパシーでなにがあったか嗅《か》ぎつけたんだろう。助かるよ、あれこれ説明しなくてすんで」

「で、なにが起こったか、だれがわたしに説明してくれるのかな？」と、ブルが大きな声で文句をいった。

　グッキーは調子はずれの口笛を吹いていった。「太っちょはいつものみこみが悪いよね、ペリー。すぐに防護服を持ってくるんだ。さあ、行くぞ」

「聞いたか、ご老人」ローダンは笑って立ちあがり、ブルもシートから立ちあがらせた。

「グッキーにそのトゥムバンを見つけて、アンテナ船についてなにを知っているのか探ってもらう。ちびがいつものように自分勝手な行動をしないように、きみがついていってくれ」

「わたしはたんなる子守り役ということですかな」と、ブルは苦虫をかみつぶしたような顔をした。「いいでしょう、われわれでその男を探します」

「気をつけて！」と、ラランド・ミシュコムが大声を出し、グッキーはブルの手をつかんで近くの装備品室にテレポーテーションした。彼女はローダンに問うような視線を送り、それからスクリーンを見た。

「かれらは危険な目にあわないでしょうか、ペリー？」

「いや、ララ。そういうことはないだろう。ともかくいまはね」

3

マゼランへの道

サラアム・シインの環状発話膜がふたたび音を出せるようになるまで、半時間かかった。

かれはまだメリルのキャビンの前に立っていた。彼女は着替えてろうそくを消し、かれをキャビンから追いだした。シフトがはじまる時間なのである。サラアム・シインは、ティフラーがこっそり漏らしたのでそのことを知っていた。シフトの開始なんてどうでもいいだろうに。いま、メリルの支えがこれほど必要だってことがわからないのか！

あなたは歌えなくなる。

彼女の予言、あるいはカードの予言はそういっていた。

そのときはすぐにくる。

そのときとは？　いったいなにが起きるのか？　かつて惑星マルダカアンのすべての

歌い手の指導者だった名歌手のかれが、今後いっさい歌えなくなるとは。事故だろうか、それともわたしは死ぬのか……いや、死はそれほど問題ではない。痛みがともなえばまた話はべつだが……その未来は不可避だと、メリルは説得力のあるいいかたをした。そして、カードには秘密を事前にあばく力があると。あれは真実なのか、それともたくみな嘘なのか？　サラアム・シインにはよくわからなかった。はっきり確信を持てるのは、この瞬間のことのみだ。

　長年宇宙を航行している種族の一員として、かれは彼女の言葉をばかげていると見なし、しりぞけるべきなのかもしれない。《ペルセウス》のジュリアン・ティフラーやそのほかの乗員たちと同じように。

　サラアム・シインは茫然としたまま、近くの反重力リフトによたよたと歩いていった。シャフトで下降しながら、必死に精神を集中して和音を出してみる。おぞましい響きが第二のショックをもたらした。かれは黙って下極エアロックに行き、そこから《ハーモニー》に移乗した。

　サラアム・シインは、シントロニクスに《ペルセウス》と一定の距離をたもつように指示。はるか上方では、音響バリアが天の川銀河の外側から見える遠くの星々をおおいかくしている。名歌手は不幸な気分で短い口笛を吹いた。その音が卵形にカーブしたバリアとプロジェクター・ボウルのメタル面にあたって砕け、人工的に閉鎖された空間を充たすのを、かれはぼんやりと追っていた。

名歌手は悲しみのメロディを歌った。かれの絶望感のすべてがそこにこめられている。あの女のカードのトリックで心の平安がこれほどまでに乱されたことが、すこし恥ずかしくもあった。あれは単純なトリック、卑劣な言動にすぎないじゃないか。

そのとき物音がして、かれはすくみあがった。

「サラアム・シイン、あなたの歌がこんなひどい状態だなんてめずらしい」カルタン人のダオ・リン＝ヘイだ。「わたしがいったことをそんなに苦にしないでほしい。《ナルガ・サント》の最後の五分の一のことをだれも気にかけてくれないので、憤慨していたんだ。わかってくれるか？　あなたを非難するつもりはなかった」

サラアム・シインはしばらく黙ってから、ようやく弱々しいメロディでしめくくった。

「ちがうんだ、ダオ・リン。べつのことで……」

「わたしに話したい？」

「いいや」

女カルタン人は近づき、同情するように片手をかれのからだにのせた。サラアム・シインは彼女が近くにいてくれることをよろこんだ。もしいなかったら、おそらく自分の心の衝動のおもむくまま、すぐにエスタルトゥの方向に出発していただろう。もちろんこのような挙に出てもなんの解決にもならないが、それでもそうしていたにちがいない。

新しいメロディが自然に環状発話膜から生まれた。なにか新しい希望のようなもの、覚醒した生のよろこびがそこで表現されていた。サラアム・シインは十二本の腕のうちの十本をあげ、ダオ・リンの胴体に巻きつけた。まるで保護をもとめているように。事実、そうだったのである。同時に名歌手は何回か信号音を発した。

すると周囲にマルダッカの大アリーナの幻影があらわれた。合唱団選定コンクールがはじまる数分前だ。数十万のオファラーが発する音のカーペットが空気を充たす。赤い樹皮状の皮膚と色とりどりの服の大波。遠くからなので、おのおのの顔は識別できず、個々の音も明確には聞きわけられない。

サラアム・シインは気分がよくなった。ダオ・リンがかれの腕を振りほどいたりしなかったのがうれしい。数分後、周囲の幻影は色あせ、ふたたび銀河系外縁部の漆黒があらわれた。

「わたしの仲間たちを見てこないと」と、ダオ・リン＝ヘイが慎重にいった。

かれは腕の力を抜き、彼女を行かせた。

「ありがとう」そのうしろ姿にかれはいった。

＊

「はいってくれ、歌い手！」

サラアム・シインはその声にしたがい、アルコン人アトランがいる《カルミナ》のちいさなキャビンにはいった。《ハーモニー》は舷側にドッキングしていて、かれの帰りを待っている。

「わたしになにができるかな?」赤い目で白髪のヒューマノイドがたずねた。「いま図上で作戦を練っているので、それほど長い時間はさけないんだが」

サラアム・シインは、室内の風変わりなさまに強烈な印象をうけた。キャビンの舷側には、驚くほど詳細なプロジェクション。それは銀河系の正確な再現で、周囲には球状星団やそのほかの二百の太陽の星、あるいはマークスの宇宙駅など。色のついたゾーンは、その範囲から見て狂気のバリアをあらわしている。さらにサトラング、ヘラの窪地、おびただしい数の距離データ。

「これを見てわかるんですか?」名歌手は驚いてたずねた。「このプロジェクションは複雑すぎて……」

アトランは顔をしかめ、オファラーはそれをつくり笑いのようだと思った。「わたしは何百年もこうした練習を重ねてきたんでね。目下の状態をあらゆる側面から考察しなければならない。われわれは基地を必要としている。いずれ補給路と退路もね。それにわたしはひとりでやっているわけじゃない。シントロニクスが助けてくれる。ここで練りあげたものが、いつの日か命を助け、故郷銀河にはいる道を開いてくれるだろう」

「わたしなど、とてもお力になれません」と、サラアム・シインは歌った。

「わたしもそうは思っていないよ、歌い手。あなたはべつの問題をかかえているから」

かれはアトランの示唆を理解した。用件をいえ、ということだ。

「ダオ・リン＝ヘイのことできました」サラアム・シインは本題にはいった。「《ナルガ・サント》の最後の五分の一と、そこにいる生きのこりのことで彼女と話したんです。ダオ・リンはこれまで以上に支援する義務があると考えています。《ハーモニー》で救出遠征隊を組織すべきだと」

アトランはしばらく沈黙した。

「それで？」と、かれはいった。「あなたはどう答えた？」

「彼女に希望をあたえられたとはいいがたいです。もっとも、最後の決定はあなたと相談してくだすべきかと。つまりいまですが」

「《ハーモニー》を失うのはわたしにはつらい。現在、自由に動ける宇宙船がどれほどすくないかは知っているはず。《モノセロス》は分解してしまった《バジス》を監視するためにとどまっている。ラトバー・トスタンと《ツナミ＝コルドバ》は、銀河系の壁を突破しようとして爆破された」

その言葉には人間は知覚しえないような悲しみの響きがあったが、名歌手サラアム・シインははっきりと聞きとった。

トスタン……気むずかしくて予測のつかない男だったが、かれの喪失は埋めあわせがつくものではない。

「《ソロン》は場合によっては弱点になるかもしれん」アトランは平静をよそおいながらつづけた。「技術的にほかの宇宙船の水準に達していないからだ。ローダンとレジナルド・ブルが乗り組んでいる《シマロン》は、マゼラン星雲にいる。この状況で《ハーモニー》を手放すわけにはいかない。われわれはあなたがいないとだめなんだ、サラアム・シイン。ダオ・リン＝ヘイとゲ・リアング＝プオもだ」

「ではどうするんですか？」

「しばらく考えさせてくれ」

サラアム・シインは沈黙し、白髪の男をじっと見た。アトランは次から次へと色が変わっていくプロジェクションを、そのうしろにすべての問題の解決があるかのように穴があくほど凝視している。

「さらに問題がある」アルコン人が暗い目になった。「ジュリアン・ティフラーは、この《ナルガ・サント》の五分の一の面倒をみると約束した。可能な範囲でそうしてきたが、現時点ではそれ以上の支援はむずかしい。ティフラーが約束した、しないにかかわらずね。大宇宙には問題が山積していて、われわれの力だけでは対処できない。わたしには選択肢がひとつしかない。いまのところは保留にしておくだけだ」

「どういうことでしょう？」サラアム・シインの問いは婉曲ではなく、驚きを表現した直線的なメロディだった。アトランからそんな答えがくるとは予想していなかったのだ。

「かんたんなことだ。ひとまずすべて棚あげする。《ナルガ・サント》の生きのこりはわれわれがいなくてもしばらくは大丈夫。そのかわりにあなたとダオ・リンとほかのカルタン人が乗り組んだ《ハーモニー》は、マゼランに飛ぶ。ペリー・ローダンに向けたわたしの急使としてだ。《ツナミ＝コルドバ》のトスタンとポージー・プースが死亡したことを知らせてくれ。われわれはここでペリーを必要としている。かれがマゼラン大星雲にとどまるのは、必要最低限の期間で充分。このメッセージを伝えてくれないか、サラアム・シイン？」

名歌手はすぐには答えなかった。だがアトランの提案をあらゆる方向から検討した結果、それが最善だと考えた。かれ自身、ここのところ具体的な任務がない状態だったのである。だがひとつだけはっきりさせたいことがあった。《ナルガ・サント》の問題は解決ずみなのではなく、先延ばししたのだということ。

「わかりました」と、かれはついに歌った。「いい提案です」

一時間後、すでに新しい目的地に針路をとってから、かれはアルコン人の言動について考えていた。この男のまったく新しい一面、恥知らずな一面を見た気がする……いや、この表現は適当でない。冷静な計算で状況をよりよく書きかえられる一面とでもいおうか。人は見かけによらぬものだが、そういうことなんだろう。そうでも考えないと、これ以上はアトランの友でいられない。

人類とは風変わりな種族だ。奇妙で、ときには得体がしれない。うまく折りあっていかねば。

*

「リシュタル星系に到着した」反重力シャフトを出てサラアム・シインの横に腰をおろしたダオ・リン＝ヘイがいった。「《シマロン》を探さないと」

スタート後、彼女は《ナルガ・サント》の話題は出さず、歌い手はそのことに感謝していた。もしいわれても、どう返したらいいかわからなかっただろう。

「探すのはそれほどむずかしくないだろう」ちょっと考えてからかれは答えた。「捜索要請を出せばいいのでは。それほど問題はないはず」

「過剰な自信はよくない、サラアム・シイン」ダオ・リンは歯のあいだから不満げな音をたて、星空を見た。いまは星空の眺めもじゃまにならない。サラアム・シインは必死に精神を集中していた。

数分後、宇宙船は最外縁部の惑星の軌道を通過。ペリー・ローダンがいると思われるアイシュラン＝ホは四番めの惑星で、そこそこの温度と重力で人口密度も高い。《ソロン》の報告では、シントロニクスにはアイシュラン＝ホに関する完璧なデータがあるとのこと。サラアム・シインはこの惑星の活発ないとなみや自由貿易、すばらしい技術品について知っていた。しかし、アイシュラン＝ホを見てまわる機会はないだろう。ともかくかれらは急使のつとめをはたさなければならない。

「シントロニクス」かれはプシオンの圧がほぼない、シンプルなメロディで命令した。「《シマロン》の捜査要請を発信せよ！　フィードバックがあるまでわれわれは待つ」

ほかのカルタン人たちもプロジェクター・ボウルにはいってきて、歌い手と指導者ダオ・リン＝ヘイを半円状にとりかこんでしゃがんだ。かれらのざわめきから、おさえつけた緊張感が伝わってくる。動揺の理由はわからないものの、全員がなにかを感じていた……

「フィードバックはありません」と、シントロニクスが告げた。

サラアム・シインはしばらく考えたが、必要な決断をくだすことができなかった。ついにダオ・リンが助け船を出した。

「なにが起きているのか、グラドに直接訊いてみればいい」と、彼女。「友好的な歌をうたって、どうなるかようすを見よう」

「やってみよう！」サラアム・シインはすぐに同意した。かれはハイパーカムに接続されたスクリーンを自分の頭のすぐ前に出し、テレスコープ式の首を完全にのばし、何回か息をして環状発話膜に空気を入れた。示唆にあふれた豊かな音で、かれは自分たちの旅について短く語り、《シマロン》と連絡をとりたいとたのんだ。もちろんプシオン成分はグラドにはとどかなかった。しかし、アイシュラン＝ホにいるローダンたちに対してはげしい敵意をいだいていないのなら、耳で聞こえるメッセージだけでも充分なはず。

二時間後、まだ返答はなかった。

「どうしようか？」かれがたずねた。

「着陸したほうがいいかもしれない」と、ダオ・リンはいい、かれらの到着前にカルタン人を統率していたゲ・リアング＝プオも同意。

「ではそうしよう」と、サラアム・シインが決めた。

シントロニクスが針路を決めた。通常はすくなくともカルタン人二名が司令室にいて、航行を監視するのだが、きょうはちがった。サラアム・シインはなぜそうなのか興味があったが答えが見つからなかった。そうでなくてもふだんより有事なのに。

「着陸許可はおりませんでした」

シントロニクスの声がした。

「なぜだ？」

「理由はいいませんでした。ですがあなたに連絡がはいっています！」

かれの頭の前にまたスクリーンがあらわれ、今回は画面に顔がうつしだされた。グラドだ。入念に手入れしたたてがみで、せまい額、幅広の顔は、全体の印象がカルタン人と似ていなくもない。

「わたしの名はウオピッツだ」と、グラドは自己紹介した。「どのような用件かな？」

サラアム・シインは相手に反感をいだいた。ウオピッツの声に悪意と尊大な態度を聞きとったのだ。

「わたしはサラアム・シインです」と、かれはしぶしぶ名のった。「われわれは《シマロン》という名の宇宙船を探しています。おそらくご存じでしょうが……」

「ああ、たしかに！」ウオピッツのオーヴァないいかたは、芝居がかっていた。「残念ながら《シマロン》は四日前にアイシュラン＝ホを去りましたよ。飛行目標がどこかはわからない、サラアム・シイン」

「四日前ですか？　それ以上くわしい情報はないんですか？」

「わたしはペリー・ローダンと直接話し、別れを告げた。残念ながら力にはなれない」

サラアム・シインは、グラドとじかに向きあえないのが悔しかった。近い距離にいれば、真実の歌でかれをうろたえさせ、ほかの発言を引きだせただろうに。「それは残念です」そこでかれは口笛を吹くにとどめた。「われわれは引き返すか、ほかの場所をあたってみます」

「そうしたまえ！　よい飛行を！」

ウオピッツはそれ以上話さず、通信を切断。とほうにくれてサラアム・シイン、ダオ・リン＝ヘイとほかのカルタン人たちは顔を見あわせた。シントロニクスは、大きなカーブを描いて引き返す準備にはいっている。

「これ以上どうしようもない」サラアム・シインは当惑していった。かれの言葉は、憂鬱な気分の単純なメロディだった。「この旅は無意味だった。引き返そう」

「結論を急ぐな」ダオ・リン＝ヘイが立ちあがり、プロジェクター・ボウルの縁にのぼって、はるか宇宙を見た。「せめてあと数回、かれらとコンタクトしてみよう。数時間待ってから。あのウオピッツが嘘をついているのは、わたしもはっきり感じた。《シマロン》が本当に飛び去ったのなら、メッセージをのこすはず。とすればリシュタル星系のどこかにブイがある」

「あなたの好きなようにしてくれ」

シントロニクスが十五分後に成功したと伝えたとき、サラアム・シインは驚きの低音を発した。それは本当にちいさな通信ブイで、ようやく通信コードに反応したのだ。数秒後、かれらは《シマロン》が飛行した座標を知った。

「どうもわからない」ゲ・リアング＝プオが不機嫌にいった。「《シマロン》は星系を六時間前にあとにしている。四日以上前じゃない。それでウオピッツはわれわれをだましたのでは？」

「かれはその理由を自分から打ちあけたりはしないだろう」ダオ・リンが突然心配そうな顔になった。「最悪の場合、《シマロン》は窮地に追いこまれているかもしれない」

「急ごう」サラアム・シインがいった。

＊

《ハーモニー》の超光速エンジンはフル回転していた。

もちろんその音が聞こえるわけではない。この宇宙船はクエリオン技術で建造されているので、測定装置がそれをしめしているだけだ。サラアム・シインはふだんでもまれにしかいない司令室を出て、お気にいりの場所に行った。プロジェクター・ボウルの上にようやくまた澄んだ星空があらわれた。通常空間にもどったのだ。

ラシュタ星系！　運がよければ《シマロン》はすこし前にそこに到着して、そのままそこにいるはず。第二惑星のオッパクはシャンガントの故郷だ。旅に出る前に《ペルセウス》から受けとったデータで、かれはそのことを知った。

「もう一度、捜索要請を」サラアム・シインはシントロニクスに命じた。

めずらしくダオ・リンはかれの措置に対してなにもいわなかった。だがかれは、女カルタン人を悪く思わないと決めていた。彼女は、この二十年間にかれが持ちえなかったような経験をしているのだから。かれの世界はどちらかといえば、歌と音の世界だ。ギャラクティカーたちと長くいっしょにいても、やはりそれに変わりはない。

「要請に返答がありました」と、シントロニクス。その人工音声はサラアム・シインの聴覚器官の前にある空気で直接生じたような感じだった。「短いインパルスだけで、情報はわずかです。かれらはオッパクの宇宙港のひとつにいて、われわれにもそこに着陸するようにもとめています。交信せず、われわれが《シマロン》と関係があるとわからないようにしてくれと。それとサラアム・シインに情報がはいっています。テレポーター・ミュータントのグッキーが迎えにきます。五次元防御バリアを張らないようにとのことです」

サラアム・シインはしばらく黙って考えた。

まだ状況を概観できない。だからこそ、かれはこの短い指示にそのまましたがうことにした。マゼランの〝精神の中心地〟を訪れる口実はいくらもあろうが、問題はそこじゃない。《ハーモニー》はオッパクに針路をとり、着陸指示を願いでた。

「なんでしょうか？」

スクリーン上のグラドは星系飛行管制の担当者だった。

「わたしの名前はサラアム・シイン」と、オファラーは獅子人間の耳に合った友好的な抑揚でうたった。人類の耳はカルタン人とは異なるし、グラドもソム人やパイリア人とはちがうのだ。くわしい情報なしに声を調節するのは容易ではない。「じつはちょっとした問題がありまして。すこし前にあるシャンガントと知りあいになりました。かれはオッパクにあるプライヴェートの研究ラボに招待してくれました。ただおおよその座標しかわかりません。この地点の近くの着陸場がわかりますか？」

「お安いご用です！」グラドが親切に応じた。「データを送ってください」

シントロニクスは《シマロン》がいる着陸場の近くの地点を入力した。するとすぐに正確な針路指示が出た。サラアム・シインの思惑どおりになったということ。

グラドはなごり惜しそうに両腕をひろげていった。「残念ながら通信を切らなければなりません。この先は、地上ステーションがお力になります。よろしいですか？」

「もちろんです。ありがとう」

画面が消えた。

「それでは着陸だ」と、サラアム・シインが歌った。「そのあとは《シマロン》が連絡してくるまで待つ。いいね、ダオ・リン？」

「もちろんだ、名歌手。うまくやったな」

サラアム・シインは神経を集中し、プロジェクター・ボウルを荒涼とした熱い砂漠の風景の幻影で充たすように指示を出した。かれ自身、最近こうした環境が欠かせないのはなぜなのかわからなかった。同胞と長いあいだ別れているせいかもしれない。だが今回はメリルと彼女のカードのせいだ。

あなたは歌えなくなる。
そのときはすぐにくる。

＊

《シマロン》はほんの五キロメートルの距離にいる。もちろん着陸場のかれの宇宙船の位置からは見ることはできない。なにしろＬＦＴ船は高さが二百メートルしかないので、さらに大きなユニット数隻が視界をさえぎっているのだ。

すぐ近くにちょうど大型グラド船二隻が着陸した。〝洋梨〟という名のテラの果実の形状だ。二隻の長さは九百メートル、直径はその半分ほど。細長い着陸脚のあいだにちいさな姿があらわれた。このグラドたちのほとんどは、小型グライダーに分乗し、数名はのこって宇宙船の下でなにやら保守作業をしている。

「だれもわれわれを気にしていない」サラアム・シインといっしょにプロジェクター・ボウルの縁にすわって下を見ていたダオ・リン＝ヘイが、小声でいった。

「なぜ気にする？」名歌手は短いメロディで応じた。「われわれは目立たないのだから」

「それでも……なんとなく気が許せない。われわれは有効な防御バリアを張っていないし。もし敵がいたら、たった一発で《ハーモニー》を破壊できる」

サラアム・シインはオファラー流のため息をもらした。「あなたの考え方は、ときに負担になる」と、かれは女カルタン人を責めた。「あなたにいわせると、いたるところに敵や殺害者がいることになる。ここはシャンガントの星系だ。データを信用するなら、ここでは暴力的な抗争をはじめるような者はいないはず」

「われわれのデータは六百九十五年前のもの」

「グラドの文明は退化したどころかその逆だ。それにわれわれはひとりの敵もつくっていない。封鎖された故郷銀河の領域で、探しものをしているだけなんだから」

「それだけだって問題だ！」女カルタン人が怒っていった。「サトラングの隠者のことを忘れたのか？　それに《シマロン》のどういう点が注意を引くかもわからない。わたしはペリー・ローダンを知っているが、かれはこれまでの成果に満足しないだろう」

サラアム・シインがその瞬間に振りかえり、空気中からちいさな姿があらわれたのを見たのは、ほんの偶然だった。大きな一本牙と褐色の毛皮、きいきい声のテレポーター・ミュータントのグッキーだ。待ちの時間は、とりあえず終わった。

「やあ、名歌手さん！」グッキーが甲高い声を出した。「ダオ・リン＝ヘイもいるんだね。さあ、行こうか……」

「ちょっと待って！」ダオ・リンが叫んだ。「サラアム・シインを連れていく前に、いまの状況について知っておきたい」

「どうして」と、ちいさなイルトが質問した。「ぼくがサラアム・シインを連れていくとわかったの？」

「あなたたちから短いメッセージをもらったからだ」

「ああ、そうか。じゃあ、そのとおりだろうね。でもいまどうなっているかって話は、ちょっと待って。ペリー・ローダンがぼくらの〝奇蹟の歌声〟と話したがってるから。これだけいっとくね。《ハーモニー》は大丈夫。じゃあね、ダオ・リン」

最後の言葉とともにかれはサラアム・シインの触腕をつかみ、目をつぶった。ダオ・リンはそれ以上食いさがるチャンスがなかった。さいわいなことに、名歌手はこのプロセスをすでに知っていた。引っぱられるような短い痛みが全身に走ったが、すぐに引いた。周囲が変化し、かれは《シマロン》の司令室にいた。ポデストの中央にはラランド・ミシュコム、イアン・ロングウィン、レジナルド・ブルがすわっている。

「やってきたな、サラアム・シイン」

よく知っている声だ。ペリー・ローダンが数メートルしかはなれていない後方にいた。

「お元気なあなたに再会できてうれしい」と、サラアム・シインは親しみをこめ、プシオンをあふれさせて歌った。かれが心底そう思っていることを、この人物はよく理解しているはず。「《シマロン》の心配をしていたんです。リシュタル星系でのグラドの行動はあやしかった。われわれをだまそうとしていましたから」

「たしかに」と、テラナー。「われわれはアイシュラン＝ホで苦労した。軍事上の問題ではないのだが、奇妙なことがあってね。現在われわれはイホ・トロトのシュプールを追っている。あなたはかれを知らないだろうが……」ローダンはこれまでの困難と、成果がなかったことを説明した。とくにくわしく話したのは、この数時間の出来ごとだ。「グッキーがトゥムバンという名のグラドのもとからもどって、わかった。ベカッスの宇宙船が到着し、衛星アオンタンのどこかに駐機している。ただ、その場所がわからない」

「わたしもお話しすることがたくさんあります。アトランのたのみもことづかっています」サラアム・シインは悲しい短調のハーモニーで話しはじめ、《シマロン》が出発してから銀河系船団で起こった重要なこと、そうでもないことを順番に報告し、最後にトスタンの死を告げた。

「もうひとつあります」急に変わった司令室内の雰囲気に当惑して、名歌手は数秒間待った。ソフトなちいさな声で、かれはペリー・ローダンだけを見ていった。「アトランからみなさんへのお願いを預かってきました。《ツナミ＝コルドバ》が銀河系の壁で爆破されたいま、《シマロン》にはできるだけ早く遠征隊と合流してほしいとのことです」

　ローダンの閉ざされた表情からは、かれの声にははっきりあらわれていた精神の集中がほとんど読みとれなかった。「いまはだめだ。アトランに理解してもらわないと。銀河系船団の弱体化も、がまんしてもらうつもりだ、サラアム・シイン。この問題がかたづくまで、あなたと《ハーモニー》はわたしの近くにいてほしい。いいだろうか、名歌手？」

「もちろんです！　なぜかはわかりませんが」

すぐ近くにいたグッキーが、おもしろがって口笛を吹いた。「なぜかって？　あんたはぼくらに首ったけなくせに！」

サラアム・シインはローダンを見た。

「あいつのいったことが、わからないんだろ」テラナーはかれが質問する前に先手を打っていった。「あなたはわれわれを非常に好いている、という意味さ」

「はい」オファラーはうれしくなって歌った。「そのとおりです。わたしはあなたたちとその音楽が好きです。最近では聴く機会がありませんがね。それで、これからどうするんですか？」

ローダンはその質問を予測していたように即座に答えた。

「ベカッスの問題をかたづける。選択肢はふたつある」

4

アオンタンへの旅

グッキーはレジナルド・ブルの手をとって非実体化した。ふたりともセランのヘルメットをきっちり閉め、デフレクターを作動させている。かれはグラドからわずかな思考エコーしかつかめなかった。正確な方位測定にはすくなすぎる。そもそもトゥムバンをまた見つけられるかどうかも、よくわからなかった。でもそうしたら、おそらく次からはかれではなく《シマロン》の技術のほうをたよりにするようになるだろう。グッキーはそれがいやだった。自分が無視されるのがきらいなのだ。

目をあけると、かれらはほとんど使われていないような通廊に立っていた。どこか近くで金属がこすれ合う音がしたが、それは機械で、グラドやシャンガントではなかった。両者のちがいは、かれにはどうでもよかった。

「わたしの声が聞こえるか、ちび？」

「よく聞こえる。交信はオーケーだ。あんたを引きずってこなくてすんだら、こんな心配もなかったんだけど」

「いってることがめちゃくちゃだな」

「そうじゃない」ネズミ＝ビーバーが怒っていいかえした。「あんたが重いから、遠くまでジャンプできないんだよ！」

「そうか！」ブルの叫び声はグッキーよりももっと怒気をふくんでいた。「だがきみは自分勝手な行動をするだろうが！　ジャンプの距離がどうした！　ペリーがわたしを見張り役にしたのはよかった。そうじゃなきゃ、ことが起きたあとできみを窮地から救いださなくてはならない……」

　グッキーは怒りのあまり爆発しそうだったが、なんとか冷静をたもった。答えないのが、いちばん太っちょを怒らせると知っていたのだ。ブリーと自分を窮地から救いだすだって？　真相はまったく逆じゃないか。かれはほとんどいつも自分ひとりで窮地を脱してきた。

「黙っていて」かれはブルがなにかいいだす前に、きいきい声で制した。「ちょっとやることがあるから」

　グッキーは、アンティフレックス眼鏡でずんぐりしたテラナーをじっと見た。かれらはまわりからは不可視だが、この眼鏡をかけているとたがいの姿は見える。かれはテレパシー触手を使った。トゥムバンはどこだ？　かれほどのテレパスでも、おおざっぱな手がかりでは不充分で、完全に集中する必要があるのだ。

ここは宇宙港の管理棟だ。多くの思考パターンが、技術的処置やら輸入規定やらに関係しているので、かれはそう結論した。だがトゥムバンはいない。グッキーはテレパシーの世界に沈潜し、ブルの存在を忘れるほど。

こうしてやっとパターンを発見した。

トゥムバンは隣りの建物に向かっている。ローダンの最後通告について話し合うヴェネレエンという名のシャンガントに会うためだ。ヴェネレエンはローダンのおどしを真剣に受けとめた。《シマロン》とそのほかの宇宙船が、アンテナ船のシュプールを追ってラシュタ星系を捜索することを恐れているのは明らか。

アンテナ船！

トゥムバンはちょっとのあいだそのことを考えた。かれの思考のなかに、一瞬だけはっきりと幻影があらわれた、

「かれが見つかったよ、ブリー！」ネズミ＝ビーバーがつぶやいた。「あいつは考えてる。アオンタン！　ベカッスはアオンタンにいる！」

グッキーは腕をつかまれた感じがした。

「で、どうなんだ？　正確な場所は？」

両目を開けて勝ちほこった顔でブルを見たいという誘惑に耐え、「はっきりとはわかんない」と、小声でいった。「トゥムバンは自分でもよくわかってない。テレポーテーションして、かれに訊いてみようよ。そうすればかれの思考が読めるかも」

「だめだ！」

ブルの口調で、かれの集中がそがれた。「なんでだめなの？」信じられないという顔でネズミ＝ビーバーがいった。「そのあとでアオンタンにテレポーテーションして、そのへんてこな宇宙船を見ようよ」

「いいか、ちび。それをさせないために、ペリーはわたしを送りだしたんだ。われわれはひとまず《シマロン》にもどり、おちついて事態を検討する」

グッキーはまた怒りだしたが、かれも今回はローダンが自分勝手な行動を許さないだろうとわかっていた。「いいよ、もどるよ、太っちょ。あんたのいうようにね」

*

グッキーとブルは《シマロン》の司令室で再実体化した。

「うまくいったか？」ローダンが短く訊いた。

「もちろんだよ」と、ネズミ＝ビーバーが甲高い声でいった。

「太っちょといっしょじゃなかったら、もっとはやかっただろうけどね。宇宙船はアオンタンにいる。トゥムバンを見つけたよ。かれはヴェネレエンとかいうやつのところに行く途中だった。

なんかりっぱな科学者らしいよ。どっちにしても、すぐに政府代表を交渉のために出せっていうペリーの最後通告について決めるのはヴェネレエンだ。でもトゥムバンにいった半時間は守らないだろうな」

「そういう意味でいったんじゃないんだ、ちび」ローダンが答えた。「事態が動きだせば、それでいいのさ」

「それで?」と、ブル。かれは司令室内のあわただしい動きを見ていった。「わたしがグッキーの見張りをしていたあいだに、なにが起きたんです?」

グッキーは憤慨して口笛を吹いたが、ローダンはかれに口をはさませなかった。

「訪問者がきたんだ」と、テラナー。「サラアム・シイン、ダオ・リン＝ヘイ、それにべつのカルタン人たちが乗っている《ハーモニー》が、ここから数キロメートルの距離に着陸した。シャンガントはわれわれが仲間だと気づいていない。たぶんそれはこちらに有利だ。それで名歌手を連れてくるテレポーターが必要になってね。だれかいればいいんだが……」

そういって、かれは微笑してグッキーのほうを見た。

「いいよ」ネズミ＝ビーバーは気前よく応じた。「ブリーがさっきいったことをあやまれば、かれを連れてくる」

「なんだって？　そんなのまっぴらだ！」ブルが叫んだ。

「かれはあやまりたくないってよ、ペリー」グッキーが不平をいうやいなや、赤毛のいがぐり頭の男の足が宙に浮いた。

「遊んでいる場合じゃない」

「わかったよ」テレキネシスでブルをつかんでいたグッキーは、かれを解放。「いうとおりにするから。じゃ、またね」かれは精神を集中させ、ちょっと目を閉じて、乾いた破裂音をたてて消えた。もちろんかれ自身はその音をもはや聞けなかったが。

*

《ハーモニー》は防御バリアを張っていなかった。グッキーはほかの無数のインパルスのなかから名歌手の思考パターンをかんたんに見つけだせた。もっとも、サラアム・シインの考えていることはかくされたままだ。プシオン音楽はかれの脳に正真正銘の壁を築いている。だがまさにそのことがオファラーを目だたせた。

「やあ、名歌手さん！」《ハーモニー》のプロジェクター・ボウルにあらわれたかれがいった。「ダオ・リン＝ヘイもいるんだね。さあ、行こうか……」

グッキーは猫のような姿のカルタン人に慣れていて、それほどめずらしくもなかった。

それに対して名歌手の容貌はちがった。サラアム・シインは身長が一メートル半。短い脚の上にがっしりした胴体があって、六対の腕が動いている。首のつけ根にあるのが、オファラーのいちばん重要な器官である環状発話膜だ。そこでかれは音響とプシオニクスのすばらしい融合をなしとげる。首そのものはしなやかで曲がりやすく、長くくりだすことができる。かれの頭は定まったかたちがなく、名状しがたい感覚房がついている。歌い手の樹皮状の皮膚は、明るく輝く赤だ。

グッキーは女カルタン人の文句を早々に切りあげさせ、歌い手の触腕の一本をつかんで《シマロン》にテレポーテーションした。とくに精神を集中する必要もない。この宇宙船の構造は頭にたたきこんである。

それにつづく会話では、イルトはでしゃばらず、ローダンとサラアム・シインに話させた。だがかれは、この〝ベカッス作戦〟にこれから自分がおおいに貢献しなければならないことを予感していた。そのためにかれはもう一度テラナーの思考を読んだ。それが最善の解決策だからだ。

「それでこれからどうするんですか？」サラアム・シインがたずねた。

グッキーは聞き耳をたてた。

ローダンがすぐに答えたので、ネズミ＝ビーバーはかれがそれなりの策略をすでにめぐらせていたことを知った。「ベカッスの問題をかたづける。選択肢はふたつある」と、ローダン。

「といいますと？」オファラーはイルトの耳にはよくわからないメロディで質問した。

「第一の選択肢は交渉だ。それを試みる。第二の選択肢はわれわれのマルチタレント、グッキーだ。かれがアオンタンにテレポーテーションして、アンテナ船を探す。もちろん、同意してくれたらだが。だがかれのことだから……」

「やるよ、ペリー！」

「じゃあ、きみにこれから三時間あたえる。それまでわたしは次のステップに出ない。ひょっとしたらトゥムバンか、きみが話していたあのヴェネレエンが連絡してくるかもしれない。それでいいかな？」

「こんどはひとりでいいんだね？」イルトは半信半疑でたずねた。「それともまたブリーを連れてくの？」

「今回はひとりだ、ちび。かなりの距離を何回もジャンプしなければならないかもしれない。太っちょの重みできみによけいな負担をかけたくないからね。ひとりでやるんだ。でも、充分に注意しろ！　きみはアンテナ船を探す。任務はそれだけだ！」

「いうとおりにするよ、ペリー」グッキーは渋い顔のブルに勝ちほこった視線を投げ、セランを閉めて非実体化した。次の目的地はアオンタンだ。

さいわいにもアオンタンには大気圏がなかった。そうでなかったらグッキーはすぐに地表にテレポーテーションするか、防御バリアのスイッチをいれなければならなかっただろう。その理由は摩擦熱だ。ここでは、降下しながら地表のようすを観察する余裕がある。

＊

アオンタンは直径が六千キロメートル以上で、施設の大部分は地下にあった。太陽系の月みたいだ、とグッキーは考えた。ただ月には到達できない。故郷銀河を死の壁がとりかこんでいるからだ。

どこを探そうか？

宇宙港はたくさんあったが、そのうちのひとつだけが巨大な規模で、ベカッスの宇宙船のような変わった船でも目立たない可能性があった。それが手がかりか？ そうかもしれないし、そうでないかもしれない。シャンガントはアイシュラン＝ホから警告をうけたか、あるいはベカッス自身が警告を発した可能性もある。いずれにせよ、宇宙船は入念にかくされていると考えたほうがいい。

グッキーはちいさい宇宙港は最初から除外しようと決めた。グラドの安全性要求を充たしていないからだ。技術施設も駐機キャパシティも安全設備も不充分だ……いずれにせよ、自分がグラドだったらそう考える。相手方にアトランやペリー・ローダンのような天才的な戦略家がいないことを望むばかりだ。それなら捜索を最初からあきらめたほうがましだ。

次のジャンプでかれは高さ六キロメートルまでおりた。

駐機している宇宙船のはてしない〝海〟が、ふたつの連山のあいだの平野にひろがっていた。数千隻はあるだろう。しかし、グッキーはひとつひとつ検証する時間がなかった。三時間後には《シマロン》にもどらなければならない。

かれのセランの探知機は、さまざまなエネルギー性活動をしめしていて、エコーのかなりの部分は五次元領域からきていた。偵察にはとくに用心しなければならない。五次元バリアに衝突すれば、猛烈な痛みか、悪くすれば死が待っている。あらかじめ探知せずにジャンプはできない。かれのテレパシー能力も制限されていた。ハイパーエネルギーが思考をさえぎっているからだ。

宇宙港の下に深さ十二キロメートルの拡張ゾーンがあった。ベカッスの宇宙船のような小型船をかくすには充分なスペースだ。かれははじめてローダンに命じられた任務をいまいましく思った。もしも成果をあげずにもどったら、ブルはかれを何日もからかうだろう……考えたくもない！

グッキーは仕事にとりかかった。近くの管制塔にいるグラドの格納庫主任の思考インパルスをめざし、デフレクターを作動させてジャンプ。さいわいにもこのグラドはかすかな空気の流れを感じただけだった。グッキーは不可視のままかれのうしろに立った。このグラドは長い休暇をとって勤務にもどった直後だったので、なにも予備知識がなかった。近くにいるほかの要員も、技術的な指針を計画したり、シフトの終わりを待ったりすること以外、とくにやることがないようす。

しかしこれ以上にいい方法はないと、グッキーははっきりわかっていた。三時間以内にテレポーテーション・ジャンプですべての領域をくまなく探すことはできない。本当にそうしようとしたら、三カ月はかかる。偶然に望みをかけるべきか？ いや、それならむしろ骨の折れる方法を試みるべきだ。

ネズミ＝ビーバーは無数の思考パターンのなかから、適当にふたつめのパターンを選びだした。こんどは数キロメートルはなれた場所にいる科学者のものだ。かれが探していたものとはいいがたいが、格納庫主任よりましだ。犠牲者ナンバー2は、高エネルギー重層フィールドの実験のことを考えていた。しかもこのシャンガントは、思考の片隅で上司の宇宙港責任者のことも考えていた……だがこの男はなかなか思考がわき道にそれてくれない。グッキーは思ったようにイメージをつかめなかった。このやり方では宇宙港責任者を見つけられないかもしれない。

半時間後、イルトは手がかりが消えてしまったと認めざるをえなかった。

次の試みだ。かれは五次元防御バリアで構成された迷宮のまんなかで実体化。一技術者の思考インパルスだけが感じられた。つまり、テレポーテーション・ジャンプの道は開かれているということ。その直後、それが認められなくなった。

グッキーは動きがとれなくなった。技術者の思考から、試みが危険であると読みとったのである。かれはセランの腰のポケットからマイクロ爆弾を引っぱりだし、適当に選んだ制御コンソールのうしろに置いて、五秒の遅延スイッチをいれた。

ネズミ＝ビーバーはかくれ場にジャンプ。これまでどの探知機もかれがいることを感知しなかったのはよかった。今回もだれからも疑念をいだかれないようにと望むばかり。

爆発はわずかな力で制御コンソールをずたずたにした。

サイレンが鳴りひびき、すべての制御プロセスが自動的に停止。イルトは防御バリアがすぐに崩壊すると考えたが、それは思いちがいだった。ただちにすべての安全対策が実行され、バリアに最初の穴があいたのは一時間後のことだった。

かなりの時間を浪費してしまった。グッキーは不機嫌になって口笛を吹いた。リスクのない方法はもうないのかもしれない。

よく考えた末に最後に思いついたのは、ある制御センターだった。だがそこは安全対策が万全だろうし、ローダンだったらジャンプを許可しないはず。でも今回はひとりだ。ということは、自分ひとりの責任を負えばいいのでは？　勝手なこじつけのような気がしたが、それ以上深くは考えなかった。

かれはふたたび地表にテレポーテーションし、制御センターのようすをうかがった。四回めの試みで、幸運にもいい場所が見つかった。それは巨大な制御装置で、そこで宇宙港の活動のほぼ半分が管理されていた。コンピュータ端末は探知スクリーンの横にある。その前のシェル・シートにシャンガントの要員がすわり、とくにこれといった目的もなしに装置のあいだをうろうろしているシャンガントもいる。

グッキーは不安だった。ここのどこかに特殊探知機があって、かれのデフレクター・フィールドをかぎつけているのではあるまいか？　その可能性はあるだろう。多くの散乱放射のために測定結果が狂ってしまうような場所に、かくれなければならない。第六感がはたらいた。宇宙船の中央から、衝撃フィールド着陸床にのってロボットがかれのいる場所に接近している。この金属の塊りは、あるときはこの方向、あるときはあの方向とふらふら動いているが、こっちを探して接近しているのは明らか。

グッキーは中央ポジトロニクスの上方に精神を集中した。直後にジャンプしてそこにおり、ロボットを観察した。ロボットの動きは方向感覚がうばわれたように目標というものがない。なにが起きたかは明らかだ。この金属の塊りは、いったん探知したイルトが急に圏内から消えて迷っているのである。あと数分ほどは、ロボットはかれを見つけられないだろう。グッキーはこの場所は安全だと結論した。

ついに本来の仕事ができる。かれは責任ある地位についているひと握りのシャンガントたちを監視した。どこかに手がかりがあるとすれば、それはここだ。さしあたってなにも起こらなかった。

が、しばらくしてネズミ＝ビーバーは身をすくませた。頸筋の毛皮が逆立つ。ある思考が意識下でかれをぎょっとさせたからだ。どの思考か？　おそらくもう一度機会があるだろう……

　そら、またきた！

　グッキーは飾り気のない白い制服をまとった痩身のシャンガントが、思考の発生源だと突きとめた。

　ベカッス。

　こんどは思考を発している〝張本人〟がはっきりした。そのシャンガントは同じ短い単語を何回も考えただけだったが、それは十五分間つづき、具体的なイメージにむすびついた。グッキーは思考の流れを、乾いたスポンジのように吸いこんだ。ほどなくしてかれは、自分がアンテナ船を見つけるだろうと確信するにいたった。

＊

テレポーテーション・ジャンプを十数回くりかえしたあげく、かれは自分の誤りを認めた。

たしかに宇宙船のだいたいの場所はわかるのだが、あてどのない捜索はギャンブルのようなもの。グッキーは制御センターにジャンプしてもどった。テレパシーでかれが情報をうばったグラドは、付属の制御室からの緊急の問い合わせに応じている。ベカッスのことを考えるひまはないようだ。

そのとき約束の時間がきた。ローダンは、かれが遅くともこの時間には《シマロン》にもどってくることを期待している。約束を守るべきだろうか？ グッキーは迷った。だがかれの性癖はとうにばれている。十分や二十分遅れたって、それほどかれらは気にしないだろう。そう考えてかれは自分の良心と折りあいをつけ、ある決心をした。もう一度トライするのだ。

次のジャンプで疑わしいゾーンのちょうど中心に行くことができた。ここからはいかなる思考インパルスもかれの心理触手にとどかない。だからこそ、ネズミ＝ビーバーはここにジャンプするまで守られていたのだ。アオンタンは五次元防御バリアが張りめぐらされていて、そこには見通しにくい死のリスクがある。

だがあの赤毛の意地悪な友のところに手ぶらで帰ったらどうなる。いや、意地悪じゃなく、えらぶったという言葉のほうが合っているかもしれない。そうでないとしても、ブルは感情をうまくおさえられない男だ、とネズミ＝ビーバーは考えていた。

リスクをおかした結果は、報酬と苦痛の両方だった。

どのくらいの時間がたったのかわからないが、グッキーはなにかに阻止されている感じがした。その直後に、痛みのために叫びながら通廊の出口の床にいる自分に気づく。四肢は熱せられた万力にはめこまれたようだ。血流がとまってしまっている。がんばって指を曲げてみた。数秒後に痛みがすこし去った。動くことだ、とかれは考えた。動かなくちゃ。目の前にグリーンのヴェールが見える。

この色は痛みのせいじゃなく、本当に存在している色だ。突如としてからだをふたたび完全にコントロールできるようになった。防御バリアがかれを押しとどめていたのである。けがをせずに生きていたのは、不幸中のさいわい。

ヴェールの向こう側に痛みの報酬があった。アンテナ船だ。かれのいるところから一部しか見えないが、巨大なホールにはだれもいなかった。ひとまずこれで終わりにしよう、とネズミ＝ビーバーは決めた。《シマロン》でみんな待っている。

いましなくてはならないのは、出口を見つけること。

友ブリーの言葉を借りれば、それは〝朝飯前〟だけど。

5

交渉

グッキーは半時間遅れでもどってきた。ペリー・ローダンは本心が読みとれない表情でイルトを迎えた。もっとも、疑っているのは明らかだったが。

「で？」と、かれはいった。「すこし遅れたようだが」

「そのかわりにおみやげがあるよ！」かちんときたグッキーは、そう応じた。「だいじなことでしょ？　アンテナ船を見つけたよ。アオンタン最大の宇宙港の地下格納庫でね。まわりはパラトロン・バリアで遮断されてて、なかにはいれなかったけど」

「それはよくやった」と、ローダンはほめ、念頭にあった非難の言葉をいくつか飲みこんだ。そんなことをいっても仕方がない。かれはイルトをよく知っているのだ。「交渉するときに必要な切り札になるだろう。確実な認識から出発して、計画を組みたてられるし……」

「で、どうするの？」グッキーはレジナルド・ブルに勝ちほこったような視線を投げながら、ローダンに訊いた。

「まだ自分でもよくわからないんだ」ローダンはいらいらしてスクリーンを見ている。「いつかきみが話していたあのヴェネレエンが連絡してくるだろう。トゥムバンはかれを見つけるという話だったから」

忍耐の限界がきて、かれはまたシャンガントと話したいと要求しそうになった。この待ち時間は、明らかに相手側の挑発だ。そうでなくても弱い立場なのだから、危険をおかすわけにはいかない。だがついに連絡がはいり、こんどは通信回路の向こう側に未知の人物がすわっていた。

「わたしはヴェネレエンだ」と、ローダンと向かいあった先方が名のった。かれは典型的なシャンガントというよりも、平均的なグラドに似ていて、ずんぐりとした骨格で大きめだ。たてがみだけが、ラシュタ星系では一般的なように銀白色に輝いていた。エネルギッシュな声だ。ヴェネレエンは命令を出すのが好きらしい。

「わたしはペリー・ローダンだ。ご存じかな？　この宇宙船の名は《シマロン》……」

「あなたの名前はたしかに知っているが」ヴェネレエンが半信半疑で答えた。テラナーの発言をさえぎったことは、意に介していないらしい。「歴史の本で読んだからな。数百年前のマゼラン星雲におけるクロノフォシルの活性化との関連でこの名前が出てきた。

だがわれわれグラドとシャンガントにはとくにどうということもない話なので、くわしいことは知らないが」ようすをうかがうような声になった。「ペリー・ローダンは死んだんじゃなかったのか？」

「あなたが見ているように、わたしは生きている、ヴェネレエン」ローダンは冷ややかに相手を見かえした。「だが本題にうつろう。ゆえあってわれわれはラシュタ星系にいる。アイシュラン＝ホの周回軌道でベカッスの宇宙船を発見し、ここまで追跡してきた。緊急の重要な用件があって、この宇宙船の乗員と話したい。遺憾ながらあなたの部下のトゥムバンはベカッス船がこの近くにいることを否定した。それであなたと直接話をする必要が生じた。ぜひ力になっていただきたい」

ヴェネレエンは数秒ほど黙ってレンズをじっとにらみ、考えているようすだった。たてがみの下で脳がフル回転しているのが見えるようだ。

「断る」ついにシャンガントがいいはなった。「トゥムバン同様、わたしはベカッス船の記憶がない。名前すら聞いたことがない。この宇宙船について説明してくれれば、なにか協力できるかもしれないが」

ローダンは友好的なふりをして笑顔を浮かべたが、この表情はじつはしんらつな皮肉だとわかってくれればいいのだが、と思っていた。すでにしばらく前からグラドの影響圏内にいるのだが、かれらはわざとはぐらかしたり、口を閉ざしたりするばかり。なぜだ？　どういう理由があってグラドはかれらがイホ・トロトのシュプールを追うのをじゃまするのか？　ベカッスと、トロトおよびギャラクティカーたちと関係のある秘密があるにちがいない。

「宇宙船の説明は必要ないだろう」と、ローダン。「アオンタン最大の宇宙港の地下格納庫に駐機しているんだからな。そこの担当者にいくらでも話を聞けるだろう。くわしい座標もここにある」ローダンは《シマロン》のシントロニクスが計算しなおした複雑なデータセットをしめした。

ヴェネレエンの顔が曇った。

「それでどうしたいんだ？」

「すでにいった。わたしはベカッスと話したい」

「あなたは思いちがいをしている。かれらはここにいない」

これほど御しがたい強情さをローダンは想定していなかった。だがひとつはっきりしたことがある。基本的に自分たちがラシュタ星系の侵入者であること。ベカッスが望んでいないのなら、かれらとのコンタクトを要求する正当な理由がない。かれらは本当に望んでいないのか？　かれらはギャラクティカーについて知っているのか？

「これでは話が先に進まない、ヴェネレエン。じかに会ってこの件を話そうじゃないか」

「なんのために？」

「《シマロン》は非常に優秀な宇宙船だ。われわれは、あなたたちの意志に反してでも調査ができるということ」

ヴェネレエンは怒りを必死にこらえていたが、ローダンは相手の目からはっきりそれを読みとった。もしもかれがこういうかたちで圧をかけられたら、同じ反応をするだろうから。だがほかに選択肢はなかった。イホ・トロトをどうしても探しだしたい。

「いいだろう」ヴェネレエンはついに折れた。「ここはシャンガントの星系。われわれは精神の民であり、暴力の民ではない。思考者議院のアンゴル議長にいっておく。二時間後に会おう。あなたとあなたのお仲間を迎えにいく。よろしいかな？」

「わかった。ありがとう、ヴェネレエン」

「ありがとうだと？　ずいぶんきつい冗談だな」

＊

ローダンはセランを着用しないと決めた。シャンガントと戦うのではなく、話したいだけだからだ。送信機やパラライザーといった通常のマイクロ装置もあきらめた。あっても役にたたないだろう。アイシュラン＝ホの経験から、グラドの技術はＮＧＺ四四八年当時の銀河の知見をはるかに上まわっていることがわかっている。

もしものときには、《シマロン》が介入してくれるだろう。

技術的な観点では、ＬＦＴ船も非常に後れをとっていることをローダンはよく知っていた。だがシャンガントにとって抵抗するチャンスはない。若干のトランスフォーム爆弾が爆発しただけで、この恒星系全体の安定が揺るぎかねないからだ。もちろん、実際にそうすることはないだろうが……。幸運なことに、グラドたちはそれを知らない。局部銀河群は何十年にもわたる戦争を経験してきたためだ。

「同伴者が二名必要だ」と、ローダン。「きみはどうだい、ブリー？」

赤毛の男は驚いてかれを見た。「わたし？　なぜよりにもよってわたしを連れていくんですか？」

「きみを選ぶのは論理的だ、そうじゃないか？　この件でわたし以外にもっとも経験があるのはきみだから」

「ですがペリー、今回は行けません。もっといいことを計画しているんで」

ローダンはブルが共謀者のようにグッキーと目で合図しているのを見た。「それはなんのことなんだ？」かれは訊いた。

「あなたも年をとって頭がかたくなりましたね！」ブルがなにやら楽しげに答えた。「同時並行でちょっとした作戦を展開するのも悪くないのでは？　わたしとグッキーはアオンタンにテレポーテーションして、ベカッス船をもう一度くわしく見てきます。サラアム・シインも〝第三の男〟として同行します。かれの歌で道が開けるかもしれませんからね……」

古くからの友はうまく言葉を選んで、ローダンの機先を制した。かれはため息をついて非難の言葉をのみこみ、同意した。「いいだろう。だが気をつけろ。交渉のためにはほかの者を探す。きみたちはきちんとした計画をたてているのか？」

「いや、あまり」と、ブルは白状して、またネズミ＝ビーバーの視線を追った。まったく出自がちがうのに、ふたりは一瞬だけよく似たにやにや笑いを浮かべた。「たぶんグッキーがパラトロン・バリアの亀裂を見つけます。それからかれがテレパシーで探りをいれるか、われわれが乗員のひとりを誘拐するかでしょうな。ま、成り行きしだいですが」

「それが心配なんだ」と、ローダン。「最悪の事態にもそなえるんだ。それとわたしを裏切るようなことはするな」

「心配しているふりをしないでください、ペリー！」と、ブル。「ここはラシュタ星系です。すぐに撃たれたりしませんよ。それほど危険じゃありません」

ローダンは赤毛の男のいっていることが正しいとわかっていた。だがグッキーが信じられないほどおかしなことを引きおこすのも事実。しかもとくに今回の件は、かれの本能に警告を発している。でもいまとなってはなにも手をくだせない。ブルとグッキーに思いとどまらせるのは不可能だ。

気が進まなかったが、ローダンは心配を棚あげしてすべての注意力を集中して交渉のことを考えた。信頼できる同行者がせめてあとひとりは必要。かれは《シマロン》の首席操縦士兼船長のイアン・ロングウィンを選んだ。

「どうだろう、イアン？」と、かれはたずねた。「すこし手伝ってもらえないか」

＊

グライダーは快適性を無視した輸送モデルで、それだけでもシャンガントがかれらの訪問を歓迎していないことがローダンにはわかった。操縦席には年とったグラドがすわっていて、ローダンとロングウィンとはひとことも話さない。しゃべるなと指示されているのかもしれない。だがテラナーを瞬時にすくみあがらせるようなサイコ・テロはなかった。

グライダーは宇宙港の敷地をあとにして、建物がまばらにたつ町はずれの上空を飛び、ちいさな森の手前で低空飛行にはいった。

「見てください、ペリー！」ロングウィンがちいさなドームを指さした。森のはずれとたいらな土地のあいだに、高さが三十メートルもあるドームが見える。断面は二十メートルほどで、森の反対側にちいさな玄関。

グライダーが着陸した。

操縦席のグラドがせかせかした身ぶりで、早く席を立って出るようにうながした。ローダンとロングウィンは素直にしたがった。惑星オッパクのこのあたりはいまは冬だが、外気は気持ちいい。動物が棲んでいる気配は感じられなかった。

音をたてずにグライダーは離陸し、森の上空に消えた。見えなくなったものの、またいつでもすぐにこれるように待機しているのだろう。

「親切じゃありませんね」イアン・ロングウィンがかれの特徴である小声でいった。

「出迎えてくれてもよさそうなものですが」

「その必要はないさ、イアン」と、ローダン。「たぶんかれらはなかで待っている。あのドームは例の思考者議院の建物だろう。思考者議院というのがなんなのかわからないが」

「ここの政府じゃないですか」ロングウィンは片手で目を守りながら低い位置にある恒星を見た。野外での対決にそなえているみたいだ。「当然といえば当然ですよね？　シャンガントは思考者と科学者の民なのだったら、かれらの政府が思考者議院と呼ばれるのも」

「たぶんな、イアン。なにが起きるか楽しみだ」

ふたりはならんで正面玄関からはいった。ドームの内部は薄暗がりで、ローダンは目が慣れるまで数秒かかった。木の丸テーブルと二十四脚の椅子がある。第一印象を裏切るように、すべての席に制御パネルが配置されていた。つまりここには先端技術が導入されているのだが、建築家がそれを巧妙にかくしているということ。

　シャンガント二名が入口の向かい側にすわっていた。ひとりはヴェネレエンで、もうひとりはローダンの知らないシャンガントだ。

「きてくれてよかった」と、ヴェネレエンは好戦的な口調でいった。「われわれにはあまり時間がない」

「そちらが考えているより長い時間をもらわないとなるまい」ローダンが冷ややかに応じた。「それともベカッス船とコンタクトさせてくれるか。それがいちばんてっとりばやい」

「なんという宇宙船だって？」

　ふたりめのシャンガントがとりなすような声でたずねた。「話をはじめる前から争うつもりはない。わたしの名前はアンゴル。思考者議院の議長で、ラシュタ星系の最高決定権を有している。この場所のよさをおわかりいただけるといいのだが。ここはオッパクでも数少ない自然が豊かな飛び領地でね。議院のメンバーは協議のためにここに引っこむこともたびたびある。きょうここにいるのは、あなたたちと、わたしの科学顧問官のヴェネレエンとわたしだ」

アンゴルは華奢なシャンガントだった。身長は百三十五センチメートルほどで、同胞の平均をはるかに下まわっている。その声は友好的でヴェネレエンのような攻撃性がみじんもない。ゆったりとしたケープと同じくゆったりした半ズボンをまとっている。それに対して科学顧問官のほうはぴったりフィットした革製の服で戦士のような印象だ。

ローダンはこの席におけるほんものの交渉相手はだれかをすぐに察知した。

「アンゴルに話をしてあるのか？」ヴェネレエンのほうを見て、かれは訊いた。

「ごくかんたんにね。直接あなたが思考者議院の議長に用件をもう一度話したほうがいいと思ったんでね、ペリー・ローダン。アンゴル議長はご自身で判断したいとのことだ」

「そうしたいものだ」ちいさなシャンガントがいった。「さあ！」

ローダンはまずイアン・ロングウィンを見て、それからヴェネレエンを見た。かれは無表情な顔で説明した。どのみち暗くてだれもかれの顔をはっきりとは見られないのだが。ローダンはこの状況を憎んだ。悪いカードばかりで、切り札がないこの状況を。

6　かくれ場

　グッキーがまんなかに立っている。右側には名歌手サラアム・シイン、レジナルド・ブルはグッキーの左手を握って精神を集中し、テレポーテーション・ジャンプを待った。かれとネズミ＝ビーバーは最新のセランをまとい、歌い手はネット・コンビネーションを着ていた。これもジャンプに耐える服ではある。

「いい？」と、グッキーが訊いた。

「ああ、出発しよう」

　そのままスムーズにブルは新しい環境に移行。このプロセスのなごりは刺すような痛みだったが、それもすぐにやわらいだ。下にアオンタンが見える。この衛星は大気圏がなく、直径は六千キロメートル。かれらはかなりの速度で地表に向かって降下していた。

　グッキーの合図で、ブルとサラアム・シインはデフレクター・フィールドを張り、かれらはあとかたもなく姿を消した。ブルはネズミ＝ビーバーの手を感じていたが、その姿は見えない。アオンタンの地表に移動する二回めのテレポーテーションの前に、かれはアンティフレックス眼鏡をヘルメットからずり下げた。これで二名の同行者がまた見えるようになった。かれの目にだけは見える、という意味だ。

かれらは割れ目がたくさんある連丘の頂上に出た。すぐ近くに宇宙港の施設がならび、ちょうど宇宙船二隻がスタートし、一隻が着陸したところ。

「ここだよ」と、グッキーが通信のとどく範囲まできていった。「まだよくおぼえているんだけど、あと一回ジャンプすれば目標につくよ」

「パラトロン・バリアに着地しないように気をつけないと」ブルは真剣だ。

「心配すんなよ、太っちょ。行くよ！」

周囲の景色がまた消え、目標に到達。かれらはだれもいない長い通廊に立っていた。通廊の端がカーブしている。反対側はグリーンのヴェールがかかっていて、ブルはその背後にプラスティック製の格納庫の内壁の一部を確認した。

「じっくり見てみないと」と、かれ。「よくやった、ちび」ブルはデフレクター・フィールドに守られて、見通しのきかないカーテンに歩みよった。サラアム・シインとグッキーはうしろにのこった。ここは保守用の通路らしい。開口部が格納庫の床につながっている。だが驚いたのはそれではなかった。ブルがそれまで半信半疑でいだいていた期待が、正しかったと証明されたのである。

そこにあったのは、まさしくベカッスの宇宙船。

全長二百八十メートルほどで、横幅はいちばんひろい個所が百五十メートル、中央部の高さは八十メートル。ちいさな宇宙船だ。小型で装備は時代遅れ。そうでなければベカッスはわざわざ宇宙を遷移などしないだろう。全体の印象は、二十世紀初頭の地球の戦艦の上甲板構造物を思いおこさせる。

「わたしがなにを考えているかわかるかい？」と、ブル。「ちょっと思ったんだが、ベカッスがリニア・エンジンを持っていないのだとしたら、パラトロン・バリアもないはず……」

「このバリアはシャンガントのものだといいたいんだね！」グッキーがいいあてた。

「そのとおり。ということは外からスイッチを切れるだろう。探してみないと」

「ぼくがいてよかったね！」ネズミ＝ビーバーが叫んだ。

甲高い声だったので、ブルは思わず飛びあがった。振りかえって見ると、イルトが硬直した姿勢のままでいるのに気づいた。

「どうした？」

グッキーはぶつぶつと意味不明のことをいっている。

「なにか気づいたか、名歌手？」

「残念ながら、なにも」サラアム・シインの答えは気の抜けた表現力の乏しいメロディだった。「かれになにか起きたとは思えない」

「そうだな」と、ブル。「かれは精神を集中しているだけだ。グッキー！」かれは訴えかけるような声になってささやいた。「なにがあった？」

「異人の思考パターンをキャッチした」イルトも小声で答えた。「ベカッスのひとりにちがいない。かれらはこのベカッスを護衛つきでアンテナ船にもどしてる。当人は友好的な性格だけど、動揺して自信なげだ……かれの思考は、ぼんやりしていてよくわかんない。グリーンのヴェールを見てるぞ」

防御バリアが数秒間崩壊した。いいチャンスだ、とブルは考えた。だがいまはまだ行動できない。まずはパラトロン・エネルギーが本当に外側から安定化されているかどうか確認しないと。それをしておかないと、かれらはバリア領域のまんなかで立ち往生することになる。

「だめだ、グッキー！」かれが命令した。「テレポーテーションするな！」

「心配ないよ、太っちょ。ぼくは用心するから」ネズミ＝ビーバーの声はまだちいさく、集中がつづいているらしい。「かれもバリアで動揺してる。バリアがなにか知らないし、なぜかれらの宇宙船を隔離したのかわかってない……ベカッスはぜんぜんわかってない！　かれらはグラドからぼくらみたいにいいようにあしらわれているんだよ！」

急にブルの目の前にカラフルな光がふたたびあらわれた。同時にグッキーがからだを起こし、深いため息をついた。価値ある情報を得ることができずに機会を失ってしまったのである。

「グライダーが見える」と、サラアム・シイン。

レジナルド・ブルにもそのグライダーが見えた。一名か二名はグラドかシャンガントで、それ以外の姿は遠くからだとかたちがはっきりしない。数秒後、グライダーはアンテナ船の胴体部に消えた。

「どうする？」うかがうようにネズミ＝ビーバーがいった。「チャンスだと思うんだけど」

ブルはかれのほうを見て考えていたが、最終的に不信感のほうが勝《まさ》った。「まずはふたりでパラトロン・バリアをよく検討し、気づかれずにプロジェクターのスイッチを切れるかどうか調べてみよう」

「そのあいだ、わたしはなにをすれば？」サラアム・シインがたずねた。

ブルは名歌手の調子がよくないと直感した。ショックをうけ、トランス状態か、なかば意識を失った状態でいるようだ。すこし誇張があるものの、基本的にかれの見立てはあっていた。そこでかれはサラアム・シインにその場にのこってもらおうと決めた。あとになってからきっと名歌手は役にたってくれるだろうから。

「いまは大丈夫だから」と、かれはいった。「ここで待ってベカッス船から目をはなさないでくれ。遅くても半時間後にはもどるから」

*

ブルは偶然にまかせるしかないと知った。

かれらのセランの測定器の精度は充分ではない。たくさんの装置やエネルギー源がもつれあっているこのような場所では。

「はっきりしたエコーがあるぞ」と、かれ。「見ろよ、グッキー！」

「あんたが決めてよ」イルトは自分のセランに座標をいれ、目をつぶってジャンプした。

「エコーは強くなった？」

「しめしめ！　すぐ近くにプロジェクターがあるぞ！」

「よかったね、太っちょ！」と、グッキー。「シャンガントにわからないようにして、そいつをとめよう」

「そうだな」と、ブル。「その前にふたつめのプロジェクターを探すんだ。その一方に時限爆弾をしかける。最初のプロジェクターが停止しているあいだにわれわれはテレポーテーションしてなかにはいり、充分によく見て、二時間後にまた外に出る」

「プロジェクターは二重、三重にあるかもしれないよ」と、グッキー。「前にもそうだったから」

「今回はあれこれ考えている時間がない。単一システムだという前提でいこう」

結局ブルは自分の見解を押し通した。設備に慣れてきたせいで、二番めのプロジェクターもすぐに見つかった。シャンガントの技術者が部屋を出ていくまで五分間待って、ブルとグッキーは行動に出た。

ブルは多目的工具でプロジェクターの枠をとりはずし、手のとどきにくい場所に時限爆弾を設置。数秒後、装置は前となんら変わらない外観になった。

「さて」と、かれはいった。「これから二時間ある。ちいさな爆発だから、だれも危険な目にはあわないさ」

グッキーは最初のプロジェクターにジャンプしてもどった。「テレキネシスで介入して、こわすしかないな。うまくいくと思うよ。ねらったバリアの区画がこわれるといいんだけど」

「気をつけろ！」ブルが警告した。「シャンガントがプロジェクターを分解して、しかけに気づかないように」

「ぼくを信じてよ」

いらいらしながらかれは待ち、セランの表示から目をはなさなかった。突然ブロックがひとつ消えた。バリアの一部が崩壊したのだ。

「はやくこい、ちび！　急がないと！」

通廊から警報音が響いてきた。

「ちょっと待って、ブリー。そうかんたんにはいかないよ。ぼくの〝ジュプール〟を消さないと」

二十秒後、イルトは準備ができたと知らせてきた。ブルはあわててかれの手を握った。外ではすでに警報音のほかに足音がしている。次にかれが感じたのは短い痛みだった。グッキーがテレポーテーション・ジャンプのときに弱いバリアを突きやぶったのだ。ありうることだ。アオンタンのこの地域は警報発令中なのだから。

通廊はひとけがなかった。

「サラアム・シインはどこだ？」ブルがいった。

「消えちゃった」グッキーがぽつりといった。「でも、かれの思考を読めるかも……」

そのとき予期せぬことが起こり、ネズミ＝ビーバーは途中で言葉をのみこんだ。レジナルド・ブルが想定外だと見なしたことが勃発。新しい防御バリアが格納庫を外部から遮断したのだ。こんどは赤い色調のまったく新しいバリアで、かれのセランの探知機によれば力は弱いが、有効であることはたしか。プロジェクターはフィールドの〝内側〟にある。

悪い予感がしてブルが訊いた。「グッキー、歌い手を一瞬だけ感じたんだろ？　どこでだ？」

ネズミ＝ビーバーは片手をあげて、新しいバリア・フィールドのほうを指した。「あのなかのどこかだよ。どうしたらいいだろう？」

ブルはとほうにくれ、よりかかっていた壁から床にずり落ちた。「そうなるとわかっていれば……危険をおかす者は、そこで命を落とす。そういうものなのか」

7

最後のカード

深く考える必要はないとわかっているのに、サラアム・シインはくりかえしあの光景を思い浮かべてしまう。ずっと上のほうに人間の女性の顔があった。メリルかもしれないし、べつの女テラナーかもしれない。もしかするとたんなるシンボルのようなものかも。この顔からからだがはなれ、ゆっくりとらせんを描いておりてくる。

それはカードだった。

極端に大きいカードの角は非常にするどく、鋼も切断してしまいそうだ。

だがカードはおりてくるにつれて縮まり、ついにかれの環状発話膜にぶつかった。サラアム・シインは身震いした。カードがあたった場所にぱっくりと裂け目ができる。声を振りしぼったが、いくらがんばっても美しい響きが出てこない。

あなたは歌えなくなる。

そのときはすぐにくる。

＊

「われわれといっしょに行かないか？」赤毛を刈りあげたテラナー、レジナルド・ブルがたずねた。「グッキーとわたしはアオンタンにテレポーテーションする。例のアンテナ船を見るためにね」

サラアム・シインは数秒ほど考えた。「ええ」と、かれは歌った。「あなたたちの関心事はわたしの関心事。四本腕の預言者のシュプールが見つかるかどうか、わたしも知りたい」

「かれの名前はイホ・トロト」と、ブル。

「その名前が意味するところはわからないが、わたしも行く」

サラアム・シインは出発までのわずかな時間を利用して、惑星ザアトゥルのソネットをぜんぶ歌った。これは集中力をきたえる練習で、本来かれほどの歌い手にはふさわしくない。だが、いまのようにうわの空で心が不安定な状態では、ブルとグッキーのじゃまになる心配があったからだ。

「もういい？」グッキーが、オファラーの聴覚房にはすこし耳ざわりな声で訊いた。

「それともほかに防護服が必要かな？」

「準備はできた」かれは答えた。「いま着ているのはわたしのネット・コンビネーション。これで充分」

グッキーは中央に立った。名歌手はかれの右手を、レジナルド・ブルは左手をとった。サラアム・シインはちいさなネズミ＝ビーバーとテレポーテーションすることにすでに慣れてきていた。

「いくよ？」と、グッキー。

「オーケー」と、ブルが応じた。「行こう」

サラアム・シインは答えなかった。グッキーもかれの答えをそれほど期待していなかったようだ。直後にかれらはアオンタンの上空高くを浮遊していた。すでに申しあわせていたように、かれらはデフレクター・フィールドを作動させた。《シマロン》からかれはアンティフレックス眼鏡と呼ばれている器具を持ってきた。そのおかげでふたりの同行者は外から見えないが、かれには見える。

次のジャンプでアオンタンの地表に到達し、その次のジャンプで無人の通廊に出た。数歩先に、グッキーがいっていたグリーンのエネルギー・カーテンがある。サラアム・シインは、その向こう側の格納庫にアンテナ船があるのを知っていた。

ブルとともにかれは前に進み、まわりをうかがった。この宇宙船はオファラーのフレーム宇宙船に似ていなくもない。すくなくともアンテナのような突起は同じだし、多少の誤差はあるもののサイズも一致する。

突然グッキーが力なくうずくまった。

「なにか気づいたか、名歌手？」ブルが心配そうにたずねた。

「残念ながら、なにも」サラアム・シインはパニックのために表現豊かなメロディをつくれない状態だったものの、「かれになにか起きたとは思えない」と、いいそえた。

数分でイルトは回復した。グライダーがベカッス一名を格納庫に運んだのが見えた。このベカッスは、グラドの行動についてかれら同様に知らなかった。ブルとグッキーは、パラトロン・バリアを部分的に切ることを決めた。サラアム・シインもかれらの計画を認めた。ここにきたのは、なんらかの方法で情報を集めるためなのだから。

「そのあいだ、わたしはなにをすれば？」と、かれが訊いた。

「いまは大丈夫だから」と、レジナルド・ブル。「ここで待ってベカッス船から目をはなさないでくれ。遅くても半時間後にはもどるから」

サラアム・シインはうれしくなかった。なにもせずにほかの者たちの仕事の成果を待つのはいやだ。だが、だれかひとりは監視をつづけなければならない。いまの状況ではそれをするのは自分だろう。ブルとグッキーがいなくなり、生じた真空に音をたてて空気が流れこむ。

かれはひとり取りのこされた。

カードの光景を、必死に頭から追いはらって、アンテナ船にすべての注意力を注《そそ》ぎこむ。なにも起こらず、グライダーもあらわれず、だれも姿を見せない。サラアム・シインは謎につつまれたベカッスがどんな容貌なのか、知りたくなった。宇宙船の乗員をまだひとりも目にしていない。

ブルがいった時間がくる直前に、グリーンのカーテンが開いた。道が開けた！　とサラアム・シインは思った。なかにはいれる。だがその一方で、いまではないと考える自分もいた。ブルとグッキーがすぐにくる。それから格納庫をいっしょに偵察すればいい。

数秒間はなにも起きなかった。すでにけたたましいサイレンの音がして、シャンガントたちが事態の変化に気づいたことを告げている。サラアム・シインはもうがまんできなくなった。ネット・コンビネーションには飛翔装置とデフレクターがついているのだから、なんの問題もないのでは？　かれは浮かびあがり、ピココンピュータの制御で巨大な空間を漂った。この距離から見ると、アンテナ船は印象的で、同時に不気味でもあった。

乗員は自分をもう見つけたのだろうか？　まだ見つけていないはず。

ブルとグッキーはどこにいる？

サラアム・シインが振りかえると、新しい防御バリアがあり、その赤い色がオファルの血を思いおこさせた。上からまたあのカードが落ちてきた。サラアム・シインは冷静さを失った……かれは抵抗せず、無意味な行為における無意味な衝動に身をまかせる感じを楽しんだ。

＊

どれほど時間がたったのかわからない。なんとかふたたび自分を制御できるようになった。ひどい災《わざわ》いは起こらなかったらしい。ひとまず名歌手は飛行を安定させ、それから通廊をめざし、赤い透明な壁の前で停止。グッキーとブルはいなかったが、それを期待することもできない。あれほど狂暴に動きまわったのだから。あとになってまた会えるチャンスがあるだろう。

いま、なにをすればいい？

なにができるのか？

かれはなんの支援もなく、自分だけで防御バリアのなかにいた。赤い色合いの新しい防御バリアだ。もしかすると今回はプロジェクターが防御フィールドの内部にある。だがそれが助けになることはないだろう。たとえ格納庫から出る道があったとしても、逃げる方法がない。ちびのテレポーター・ミュータントのグッキーがどうしても必要だ。

なにもしないままここで待つのか？

そうはするまい、とサラアム・シインは決心した。かれはすこしずつ自信をとりもどし、ついには唯一の意味ある行動に出るのに充分なほど強くなったと自覚した。ベカッスの宇宙船を調べよう。もしもすでにここにいれば……ペリー・ローダンやレジナルド・ブルも同じように行動するはず。

らせんを描きながら、かれはアンテナ船を一周した。それまでかれのネット・コンビネーションの散乱放射は探知されなかったので、今後もその心配はないだろう。どこからはいれるのか？　名歌手にはひとつのことがはっきりしていた。ベカッスは最新の技術を持っているわけではないが、それは、漫然と現状をやりすごしているという意味ではない。エアロックの見張りはいるだろうし、開いたことをしめす自動警報システムはあるはず。

そのすぐあとに、かれは幸運に恵まれた。着陸脚のすぐ横のハッチが開きっぱなしになっていたのだ。

サラアム・シインは最新式の探知機が設置されていないことを確認。さいわいにもかれは開閉スイッチを操作せずにすんだ。近くにベカッスがいる気配はない。だが異種生物の場合、そもそもその存在に気づけるのかどうか、かれには自信がなかった。どのような環境でも完璧なカムフラージュが可能な生物はいるし、ちいさすぎて気づかない生物もいる。

だが経験ある名歌手として、自分は先入観を持ってはならない。ともかくもエアロックを見ると、それなりの推論を引きだせる。まるい部屋の中央の操作エレメントは、床、天井、壁に等しく配置されている。そのうちのいくつかは、レールのような枠にそって移動させることができる。ベカッスは非常に大きいか、あるいは腕が長いかだ……ちょっと思いつかないようなべつの可能性もあるかもしれない。

エアロックのうしろは、カーブしたトンネルだ。《ハーモニー》や《シマロン》の船内の通廊のようではなく、円形の断面の文字どおりのトンネルだ。サラアム・シインは耳を澄ました。ベカッスがいるような物音はしない。

用心深くカーブを曲がっていくと、シャフトは微妙にあがっていき、アンテナ船の内部にはいった。胴体部では奇妙な振動が伝わってくるが、その理由はわからなかった。たいしたことじゃない、とかれは小声で自分に向かってメロディを口ずさんだ。こうした現象はまだあるかもしれない。

数メートル行くと、最初のトンネルに交差するように第二のトンネルがあった。

サラアム・シインは曲がることにした。ここの断面は八メートル以上あり、ひんぱんに使われているらしい。トンネルはほぼ垂直に上方に向かっている。短い間隔で壁から手すり棒が突きだしている。

ついに音がした！　移動の最中に名歌手は立ちどまった。上をよく見ると、猛スピードで影が走りぬけ、わきによけた。その影はぎりぎりのところでかれをよけたが、あとになってみるとそれがどんなかたちだったのかすらわからなかった。

次のトンネルはほぼ水平に分岐していた。ベカッスは上下の差などどうでもいいのだろうか。手すり棒のようなものがあちこちにあり、制御エレメントは好き勝手な位置にとりつけられている印象だ。

名歌手に運がめぐってきた。ベカッスが筋肉隆々の触腕のような脚で悠然とかれのほうにやってきたのである。二メートルほどの飛翔生物のような姿だ。両脚のすぐ上のグレイの胴体から、二本の把握肉垂が突きでている。飛翔皮膚は革のような物質でできているようで、わきで幾重にも折りたたまれ、背中に密着していた。まっすぐ立てば二メートル半はあるだろう。だがいまは、分岐の手すり棒にそって移動することに全神経を集中している。

ベカッスは服を着ていない。先端が尖った頭は首がなくて胴体に直接ついている。オファラーの目から見ると、かなり動きがにぶい。

用心して名歌手はトンネルの〝天井〟へ移動した。下を見ると、かれが数秒前に立っていた場所をベカッスが通りすぎている。そのベカッスは垂直に分岐したトンネルにくると、飛翔皮膚をひろげて、下に飛びおりた。かれはすんでのところでべつの乗員と衝突するところだった。この飛翔生物はかなり動作がぎこちないようだ。

サラアム・シインは《シマロン》船内の状況を思い浮かべてみた。あそこでは乗員の五分の四がテラナーだとはいえ、さまざまな生命体と出会える。ベカッスではなく、その補助種族には会っているかもしれなかった。だがあの飛翔生物は、かなりの確率でベカッスだろう。すべてが符合する。上と下の区別がなく、宇宙船のすみずみまで配置されている手すり棒、トンネル。

　かれの聴覚房がまた物音を聞きつけた。

　遠くのざわめきだ。しわがれた切れ切れの音で、それが背景のざわざわという音と粥《かゆ》のようにどろどろに重なりあっている。サラアム・シインはそれを聞いて気分が悪くなった。かれは聴覚がとても敏感な生き物なのだ。とくに高周波がかれを苦しめた。ようやくいまになって、ベカッスは超音波で位置を確認しているのではと思いいたった。

　気のりがしないが、雑音源の方向にトンネルを進んだ。

　かれはおそらく宇宙船のほぼ中央部にいる。一メートル進むごとに騒音レベルがあがっていく。かれのすぐ前にひろい空間があった。ぼんやりした光で認識できた範囲では、手すり棒と、キャビンのような箱がごちゃごちゃとその空間を充たしている。すくなくとも百名のベカッスが頭を下にして棒にぶらさがり、何名かはキャビンボックスにはいっていた。

　これは一種の共同休憩室なのだろう。ネット・コンビネーションを着ているので無重力状態で浮遊し、手すり棒のすき間をぬって移動する。そのさいにかれはベカッスの言語を録音した。すでにかれらのシンボル・コードをアイシュラン＝ホで解読していたが、実際に話された言葉を聞いてみると、この予備知識は参考にならなかった。

四十分後、かれのコンビネーションのトランスレーターの準備が完了した。サラアム・シインは、母音のない独特の単語とインターコスモの翻訳を同時に耳にした。テラナーといっしょにいるようになってから、かれはインターコスモを習得したのである。

ベカッスは自分たちが格納庫に閉じこめられている理由を知らなかった。もちろんグラドはかれらに《シマロン》のことを話していたが、それほどくわしくではないらしい。それよりかれらの会話のほとんどは毎日の生活のことだった。飛翔生物の暮らしぶりがよくわからないので、サラアム・シインはその内容を理解できなかった。

ここではもうこれ以上の情報を得られないだろう。司令室を見つけなければなるまい。そこなら重要なことが話題にのぼっているかもしれない。できれば今後もハッチをあけなくてすめばいいのだが。手すり棒が多すぎて方向感覚を失ってしまったので、名歌手は勝手に方向を決めた。いちばんひろいトンネルを進んでいけば、司令室が見つかるかもしれない。

次のシャフトは直径が十六メートルあった。ここならベカッス二名が翼をひろげた状態でならんで通れる。もっとも、ベカッスは苦労して歩いていた。トンネルがななめの角度で上にのびているからだ。

周囲の壁が振動している。機械室の領域なのだろう。つまり方向を誤ったということ。かれは近くの分岐を上にのぼった。シャフトは五十メートル以上垂直に上へのびていて、途中でサラアム・シインは被覆のない装置のブロックに危険なほど近づいてしまった。ここで事故は起こったのである。かれはまったくなすすべがなかった。

＊

ベカッス三名が横にならんでトンネルの入口から降下してきた。入口は十メートル上方だ。かれらはすこし翼をひろげていたので、シャフト全体がふさがっている。

その瞬間、かれは決めた。サラアム・シインにはほかに選択肢がなかったのである。デフレクターでかれは外から見えないが、物質を透過できるわけではない。ベカッスたちと衝突し、アンテナ船に自分がいることがばれてしまうだろう。ピココンピュータの助けを借りて、かれはわきによけた。笛のような音をたてて、飛翔生物はわきを通りすぎておりていった。

その空気の流れがサラアム・シインを装置の一台に押しつけた。フラッシュオーヴァが一瞬かれの視界をうばい、ネット・コンビネーションが焦《こ》げる。さらに防御バリアがかれをトンネルに突きかえした。二回の爆発がたてつづけに起き、名歌手はくるくるまわりながらシャフト内を舞いあがった。

何秒間かかれの感覚房は機能を失い、同時に脚に体液がたまって、意識を失う寸前になった。ネット・コンビネーションのあたりが焦げくさい。

それからサラアム・シインはふたたびコントロールをとりもどした。

ベカッス三名はシャフトのずっと下のほうで手すりにつかまり、ショックのあまりかたまっている。爆発のせいではない。かれらはオファラーを見たのだ！　ピココンピュータに故障表示が出た。デフレクターの機能があやしくなり、飛翔装置は停止寸前で、防御バリアも張れなくなった。かれはほぼ無防備だった。

ようやくベカッスが正気をとりもどした。母音のない言語で、かれらは支離滅裂な単語を発している。いずれにしても名歌手にはそう聞こえた。その音を聞いて、かれは痛みをおぼえた。異人の言葉を耳にしてぐあいが悪くなるのははじめてだ。

「やめてくれ！」思わずソタルク語で叫んだ。かれが育ったエスタルトゥの永遠の戦士の言語だ。「しずかにしてくれないか！」

かれは、ベカッスと自分が奇妙なかたちで反目していることに気づいた。音響上の折りあいが悪いというだけの理由で。いつか起こってしかるべき出来ごとだったのだ。サラアム・シインの精神は、聴覚、すなわち音響とプシオンのあいだの相互作用に強く依存しているのである。

音が痛い……

ここを去らなければ。

ついにかれは、いちばん近い上方のトンネルに自分を運ぶようにピコンピュータに命令した。そこで痛みをしずめるのだ。名歌手としてそれはあってはならないこと。だが、かれほどのクラスの歌い手でも、驚きに対しては抵抗力がなかった。

かれらは近づいてくるだろうか？　そうしてほしくない。だがベカッスたちは追跡してきた。かれはふたたび冷静さを失い、やみくもにトンネルにそって逃げた。追跡者たちは多少時間を要した。手すり棒をつかみながらあがってこなくてはならないからだ。だが本当の危険はちがう場所で待ちうけていた。宇宙船はベカッスだらけで、のこりの者たちも異人がアンテナ船にいることを知ってしまった。かれらは追いかけてくるだろう。高所からカードが落ちてきて、偶然にもするどい角がかれの環状発話膜のほうを向き、勢いを増して……

やめてくれ！　冷静にならないと。

だがそうはいかなかった。

次に気づいたときは、かれは分配機のノードのまんなかにいた。ベカッス十二名ほどが興奮して四散し、スピーカーがわけのわからない指示をがなり立てている。かれを見た飛翔生物たちも同じ音を発した。サラアム・シインの種族の自制心を乱す音だ。ほかになにもできないかれは、環状発話膜からひとつの音を出した。ベカッスの単語に似せて、同時にプシオン性の圧力がこめられている。するとベカッス二名がスタンドから跳ねあがり、サラアム・シインをたたこうとした。ピココンピュータが作動して、すばやく回避できたので、打撃は空《くう》を切った。

　名歌手はさらに上に逃げた。追っ手はそれほどはやくない。ベカッスは真性の飛翔生物ではなかった。かれらの翼は短い滑空か高いジャンプができるだけだ。

「わたしに近づかないでくれ！」と、かれは叫んだ。かれらと距離をとらなければならない。そうでないとカタストロフィが起こるかもしれない。トランスレーターがかれの言葉をベカッスに伝えているのかよくわからない。「行け！　わたしはきみたちの声が耐えられない！」

　上から飛翔生物一名が突進してきた。サラアム・シインはうまくわきによけられず、たたかれたはずみで、壁の手すり棒に投げ飛ばされた。ベカッスはいったん下に消えた。だがどこかにつかまって、皮膚のしわのあいだから武器をとりだした。サラアム・シインの横をビームがかすめ、液体金属が飛びちった。

防御バリアがあればよかった！　しかし、希望的観測はなんの助けにもならない。かれはほかの方法で自分の安全を守らなければならない。オファラーとはいえ、たった一名ではベカッスの大集団を歌の力で遠ざけることはできなかった。そのためには《ハーモニー》のプロジェクターが必要だ。

サラアム・シインはまったくコントロールされてない甲高い音で叫んだ。

同時に近くのノードを通過。すべての入口は武装したベカッスによって封鎖されている。かれらは攻撃を開始した。不安のあまり狼狽した名歌手は、ピコンピュータに自分を天井のすぐ下まで移動させた。そこからのがれられるわけではないのだが。

かれの頭上の金属に同時に二発が撃ちこまれた。

弾丸が撃ちこまれた大穴をじっと見ると、そこから燃えているプレートがはがれ、一瞬で落下してきた。その穴のかたちは四角形。カードのような四角形だ。サラアム・シインは身動きしなかった。その時間がなかったのだ。見せかけの静寂のなかでそのプレートはかれの環状発話膜にあたり、ずたずたにした。まるで組織が多孔性プラスティックでできているかのように。

名歌手はきしるような音しか出せなかった。

そして、意識を失った。

*

首のあたりのはげしい痛みのためにかれは目ざめた。痛みに気づくことに意識は長時間抵抗していたが、ついにサラアム・シインは覚醒した。ひどい瞬間だ。もう一度かれはするどいプレートを見て、もう一度自分の環状発話膜の左半分にできた大きな切り傷を見た。

「聞こえますか、異人？」

どうやら感覚房はまだ損なわれていないようだ。

「異人よ」と、声がする。「聞こえますか？」

トランスレーターも無傷のようだ。わたしは生きている、と名歌手は考えた。なんという驚き。かれは確認のために、友好的な三和音を出そうとした。だががらがらという音がするばかり。痛みのためにまた意識を失いそうになった。

「無理に話してはだめです、異人。わたしのいっていることが聞こえているとわかったから、それでいい」

かれはようやく頭をもたげ、首を最長の八十センチメートルまでくりだして、ベカッスを見た。相手は典型的なベカッスのようだ。身長は二メートル以上あり、くすんだ褐色の革のような皮膚。両わきと背中に折りたたんだ翼。先端が尖った頭は無表情だ。

声……さいわいにもそのベカッスはとてもしずかに話した。さもなければかれはふたたび冷静さを失ってしまっただろう。サラアム・シインは恥ずかしくなった。もしシオム・ソム銀河にもどったら、このことを同胞たちにけっして知られたくない。名声が完全に失われてしまう。名歌手にして声楽学校の校長、流浪の歌手、ネットウォーカーであるサラアム・シインは、種族の解放者として賞讃されてもいた。それがこのざまだ。

不安になってかれは自分をよく見た。

環状発話膜の左半分はたんに破壊されただけではない。かれが見たのは、継ぎあわせた肉の断片とかすかに光をはなつ噴霧式包帯だった。

「治療をしてみました」と、ベカッス。「でも神々の全能をもってしても、この症例はむずかしかった。われわれはあなたのことをあまりにも知らなすぎる。あなたを同胞に引きわたすことができたら、すべてはうまくいくでしょう」

ベカッスは思いちがいをしている。この種のけがをかれは知っているのだ。オファラーにとってこれ以上悪いことはない。環状発話膜は、ひとたびひどいけがをすると再生できない。自然が創造した音響とプシオンの相互作用は非常に複雑なのだ。

あなたは歌えなくなる。

そのときはすぐにくる。

メリルのこの予言が現実になった。サラアム・シインはそれを天命だと思った。銀河系船団の集合ポイント、フェニックス＝1を出発して以来、かれの行動はすべてこの結末に通じていた。もう二度と歌えないだろう。

「聞こえますか、異人？　われわれベカッスはあなたにいいたいことがある。あれは事故でした。とても恥ずかしいことです。このような悲劇は起こってはならない……聞こえますか？」

突如として声が遠くになった。事故……そう、サラアム・シインはベカッスのせいにしてはならないとわかっていた。かれはこの宇宙船の船内でなにを探そうとしていたのか？　うしろめたい目的ではなかったが、かれは侵入者なのだから。この事故には飛翔生物と同じくかれにも責がある。

サラアム・シインはふたたび意識を失った。

8

苦い敗北

六時間もねばり強く交渉したが、成果はなかった。

ペリー・ローダンも、こんなかぎられたテーマをめぐってこれほど長い時間討論することになろうとは思っていなかった。シャンガント側から言質《げんち》をとることはできず、アンゴルとヴェネレエンはベカッスのアンテナ船を知らないと主張するばかり。

「急ぎの約束がまだのこっているのでね、ペリー・ローダン」と、思考者議院の議長がいった。「これにて失敬する」

「どうしようもないですな」と、ローダンは歯がみをしながらいった。「そのかわり、オッパク時間のあしたの早朝、わたしのために時間をとってほしい……」

「残念だが無理だ」ヴェネレエンがあざけるようにいった。「すでに予定がはいっている。三回めの話し合いについてはあとから連絡する。そのほうが生産的だろう」

ローダンはそれ以上食いさがらなかった。もともとうまくいくと期待していなかったものの、〝奇蹟〟が起こらなかったことがやはり腹立たしい。レジナルド・ブル、ネズミ＝ビーバー、サラアム・シインがなにかよいニュースを持ってかえればいいのだが。

輸送グライダーが森のはずれのドームの前に降下してきた。行きと同じように、操縦席の高齢のグラドはなにもいわずに《シマロン》の前でかれを降ろした。エアロックでひどく悲しげな顔のブルがかれを待っている。ローダンはなにかあったと察知した。

「さっさというんだ！」かれは叫んだ。「なにがあった？」

「司令室で話したほうがいいのではないかと、ペリー」

「グッキーはどこだ？」急に心配になってかれはたずねた。ちびイルトが勝手な行動をして失敗したのではと思ったのだ。

「まだアオンタンにいます。順を追って話しますから」

司令室では、最初の話し合いでローダンに同行したイアン・ロングウィン、ラランド・ミシュコムら数名の乗員が待っていた。スクリーンには、宇宙港、離着陸する宇宙船とグライダーの動きがうつしだされている。

「さあ、話してもらおうか！」

「サラアム・シインが行方不明です、ペリー。グッキーはかれがまたあらわれるかもしれないので待っています。アンテナ船のパラトロン・バリアは部分的に解除できました。

それを行なうためにグッキーとわたしはサラアム・シインと別行動をとったんです。その結果、かれはすき間をくぐり抜けたのですが、われわれはだめでした。HÜバリアに似た代用バリアがあったためです。名歌手は遮断された格納庫に消えたまま行方不明で」

ローダンはさらにくわしい説明をもとめた。不運にも交渉は思うようにいかなかった。もしもオファラーがベカッスに捕らえられ、シャンガントに引きわたされたとしたら。

三時間後、ヴェネレエンから連絡がはいった。

「やあ、ペリー・ローダン。本当の名前はどうなのかあやしいもんだが」かれの声は悪意と怒気をふくんでいた。かくしていても、ローダンの観察眼はごまかせない。「アンゴルとわたしはよく考え、あなたともう一度会うことにした」

「いつだ？」

「一時間後だ」

＊

森のはずれのドームで三回めの話し合いが行なわれた。今回はレジナルド・ブルも同行。かれらは息のあったチームなのだ。必要があればブルが交渉の負担を引きうけ、ローダンが熟考する時間をかせごうという作戦だ。

アンゴルは正面玄関の前で待っていて、「すぐにきてくれてよかった！」と、いった。

内部はやはり薄暗く、木のテーブルの前にひとりすわっている。外見はシャンガントというよりグラドのヴェネレエンだ。尊大なふるまいが、かれを実際以上にえらそうに見せている。

「有利な立場にたとうとしていますな」ブルが小声で耳打ちした。

「たしかに」ローダンも小声でいった。「なにをたくらんでいるのか、まずはようすを見よう」

ヴェネレエンが話の口火を切った。「あなたたちはここに交渉にきている。その目的は、アオンタンの地下格納庫に駐機しているとかいう宇宙船の乗員と話すこと。われわれはこの宇宙船の存在を否定している。だがひとつ質問がある。身長が一メートル半、赤い樹皮状の皮膚、短い脚、六対の腕、自由に出し入れできる首を持った生物を知っているか？」

「いいえ」ローダンはきっぱりと答えたものの、内心おだやかでなかった。

「よく考えるんだ」アンゴルがとりなすようにいった。「この生物は事故で大けがをした。治療がうまくいかなければ、数日以内で死亡するだろう」

ローダンはブルと目くばせした。赤毛の友とかれは同意見だった。実際に捕らえていなかったら、グラドがこんなに正確にオファラーのことを形容するはずがない。しかもアンゴルの言葉のとおりならば、かれは重傷だという。いまは譲歩しなければ、とローダンは考えた。どのような犠牲をはらってでも。グッキーやレジナルド・ブルのためでも、かれは同じようにするだろう。

「われわれはその生物を知っている。かれの名はサラアム・シイン。かれを引きわたしてほしい」

「そのつもりだ」ヴェネレエンは薄暗がりでもはっきりわかるほど尊大な目でかれを見た。「だが条件がある。もちろんベカッスの宇宙船は存在する。この期《ご》におよんで否定はしない。われわれの作戦は意味を失ったからな。サラアム・シインは大けがをしているが、それはみずからが招いた結果だ。あなたも基本的に同罪だ、ペリー・ローダン……

……」

「そこであなたたちに対する要求だが」と、アンゴルが友好的な口調でつづけた。「ラシュタ星系を出てほしい。ベカッスとはコンタクトするな。その宇宙船を追跡するな。それを約束すれば、サラアム・シインをこの会議のあと引きわたす」

ローダンはもはやあともどりできなかった。シャンガントはべつの選択肢をあたえてくれなかったのである。

「了解した」と、かれ。「追跡はしない。われわれはラシュタ星系から出る」

「最速の方法でな」と、ヴェネレエンが補った。「ベカッスがスタートしても、近づくな」

「わかった」と、ローダン。「ひとつだけ訊いておきたい。なぜあなたたちはベカッスを守るのか？　その理由は？」

「わかっているだろう？」ヴェネレエンがぶっきらぼうにいった。「ベカッスは若い種族だ。宇宙航行の歴史も浅い。そこへあなたたちがきて、ラシュタ星系は《シマロン》に属し、だれもがあなたたちに便宜をはからなければならないかのようにふるまった。われわれはベカッスを保護する。かれらをほうっておいてくれ。グラドの国家はかれらを有害な影響から遠ざけ、かれらなりのやり方で発展できるようにする」

「そういうことだ」と、アンゴル。「ベカッスはわれわれの自由貿易のパートナーで、近い将来、自由マゼランのために貢献してくれるはず。じゃまをしてもらっちゃ困るんだ、テラナー。ベカッスは銀河系の出来ごとや宇宙的カタストロフィとは関係ない。この種族のことを忘れるんだ」

　ローダンは話し合いはこれまで、と理解した。

　かれはブルの腕をつかみ、外に引っぱりだした。恒星が沈み、オッパクはカラフルな組みひものような模様でおおわれている。グライダーはすでに待機していた。ローダンが飛びのり、意識を失って反重力担架《たんか》に横たわっているオファラーのようすを見た。けがをしているのは環状発話膜だ。オファラーにとっては最悪の個所を負傷したことになる。樹皮状の皮膚は淡いピンク色にあせ、乾燥しきっている。透明な噴霧式包帯が、負傷した個所の肉が落ちないようにかろうじて支えていた。

「ひどい」と、ブルがつぶやいた。「なにはさておき《シマロン》へ運びましょう。船内でなにか処置ができるかもしれませんから」

「そうあってほしいが。グッキーももどっているだろう」

その晩のうちにＬＦＴ船は故郷銀河に針路をとった。百光年進んだあと、そこで停止して待機。ラシュタ星系はまだ探知機の圏内にあった。六時間後にシントロニクスが特徴的なエコーを伝えた。遷移があった証拠だ。リニア・エンジンやメタグラヴ・エンジンの時代に、この航法は時代遅れだ。考えられるのはベカッスの宇宙船のみということになる。

「再実体化エコーか？」と、ローダンが訊いた。「アンテナ船が測定可能な距離にまたあらわれたのだろうか？」

「計算しているところです」と、イアン・ロングウィンが答えた。「数秒ほどお待ちください」

ほどなく、ベカッスが大マゼラン星雲中心部方向に短い飛行を終えたことが判明。誘惑は大きかった。だがローダンはそれに屈しなかった。第一に、かれらには義務があったし、それと同価値のものが存在していた。けがをしている名歌手である。その一方で、かれは《シマロン》がまだグラドが探知できる範囲にいると確信していた。いまではこの種族の技術は、かれらの技術を凌駕《りょうが》しているのである。「そうすればラシュタ星系の監視者たちが安心する」

「さらに五十光年はなれるぞ」と、かれは決めた。

一一四三年七月二十日、サラアム・シインがようやく意識を回復した。

9

十字架の道

痛みはもうない。サラアム・シインが意識がもどって最初に感じたのは、そのことだった。すべてが悪夢だったのか？　いや、そんな希望的観測に身をまかせてはならない。現在の状況は、すべての夢の終焉《しゅうえん》を意味していた。もう絶対にシオム・ソム銀河にもどれないだろうし、ゲームの惑星で同胞たちに報告できない……よその土地で集めたすべてのリズムとメロディは失われた。たしかにまだ《ハーモニー》はある。しかし、声がなくては、プロジェクターを使うこともできない。

「サラアム・シイン！　サラアム・シイン！」その声はテラナーにしては低く、比較的バランスのとれた響きだった。ここちよい声だ。「聞こえますか、歌い手？」

視線を前方に向けると、《シマロン》の首席医師セッジ・ミドメイズがいた。つまりベカッスはかれをもどしてくれたということ。

「ぐあいはどうです？」ミドメイズが訊いた。「心配ないですよ。あなたの環状発話膜の左半分は中枢神経系と切りはなされています。話せますよ」

ためしに名歌手は問いかける和音を口笛で吹いた。その雑音がかれを驚かせた。ききいという甲高い音。以前の白昼夢のときと同じだ。

「痛みはない」と、かれはいった。歌わずに、単旋律の平坦なメロディで。「話はできるということですよね」

「急がなくても大丈夫」と、セッジ・ミドメイズはあわててさえぎった。

しかしサラアム・シインは主張した。「わたしの身に起こったことは、意味があるはず。ペリー・ローダンを呼んできてほしい。かれにはすべて知っておいてもらいたいから」

「そういうのなら」と、ミドメイズは譲歩した。

サラアム・シインは、現在のコンディションで思いつくかぎりのことを報告した。何回も話の筋道がわからなくなり、短い休憩をはさみながらも、なんとかつづけた。疲れきってぐったりしていたが、ローダンが配慮してくれた。サラアム・シインが奮いたてるように、手をつくしてくれたのである。もちろん名歌手はかれのそうしたそぶりをありがたく思っていた。だが事情がわかっているのは、サラアム・シインのほうだった。かれはこの種のけがについて予備知識があったが、ローダンとミドメイズにはそれがなかったからである。

数時間後、ローダンはふたたび医療ステーションにやってきた。

「いいニュースだ、歌い手！」かれは叫んだ。「ベカッスのことだ。すでに七百年前、大マゼラン星雲の宇宙ハンザがきみの説明にぴったりの生物とコンタクトしている。かれらの故郷星系もわかっている。もっとも当時、かれらは百年以上も宇宙航行から遠ざかっていた……」

ローダンの声に迷っているような響きがあったので、サラアム・シインはこれ以上くわしくたずねまいと決心した。そうしたいという衝動を感じなかったのだ。にもかかわらず名歌手がすべてを聞き知ることになったのは、セッジ・ミドメイズがいたから。この《シマロン》の首席医師は、今後どうするのかローダンにたずねた。

「それは明白だ、セッジ」と、ローダン。「われわれはベカッスの故郷星系に向けて飛行する。座標はサラアム・シインのおかげでわかっている。カッスバンという名の第五惑星を持つオルサ星系だ。その位置はアンテナ船がオッパクからとった針路と一致する。大マゼラン星雲中心部をこえた故郷銀河の反対側だ」

「にぎやかな宙域ですか？」ミドメイズが質問した。

サラアム・シインは聞くともなく聞いていた。

「いや、ぜんぜん」と、ローダン。「周辺のかなり近いところにブラックホールがあるが、それだけだ。わたしは司令室にもどらないと。何日かしたら、またわれわれの患者を見にくる」

歌い手と医師だけがのこされた。

「元気を出して」サラアム・シインの精神状態をおもんぱかって、ミドメイズがいった。

「完全にもとにもどしてみせるから」

「それは無理だ。右側の発話膜を診察して、それに合わせて左側を形成するのではだめなわけで。左右にはちがいがあって、それが歌い手のパーソナリティというもの」

「そのようにするから」と、ミドメイズが訂正した。「シントロニクスの助けを借りて、左半分を以前とまったく同じように形成しますよ。ベカッスが組織をのこしてくれたのはよかった」

サラアム・シインはそれ以上聞いていなかった。テラナーが話しつづけているのはわかっていたが、その言葉は意味のない音の流れのようだった。セッジ・ミドメイズがいっていることが理解できない。こんな大けがをしたオファラーが回復するなんて話はあるだろうか？　答えはノーだ……かれは死ぬまで身体障害者としてすごさなければなるまい。とすると、銀河系船団にかれがいる意味は？　声のない歌い手、歌い手による制御エレメントを欠いた《ハーモニー》。

だがこの運命は、シオム・ソム銀河で暮らすよりは望ましいものではないだろうか。

ここではかれはほかのオファラーには出会わなかった。すくなくともここでは声なき者たちのあいだにまぎれて生きていけるのではないか。

「聞いていますか、サラアム・シイン？　サラアム・シイン！」

「ええ、聞いていますとも、セッジ・ミドメイズ。こんどはあなたが聞いてほしい。わたしは二度と歌わない。これが名歌手の最期です」

神々の掟

アルント・エルマー

登場人物

ペリー・ローダン……………………銀河系船団最高指揮官
レジナルド・ブル（ブリー）………《シマロン》指揮官
イアン・ロングウィン………………同首席操縦士
ラランド・ミシュコム………………同副操縦士
グッキー………………………………ネズミ＝ビーバー
アンブッシュ・サトー………………超現実学者
ラドンズ………………………………ベカッス。選ばれし者
ズリエングホ…………………………同。《マウクハン》船長
アジングハウ…………………………同。政府評議会のスポークスマン
グウェランダー………………………同。評議員

1

〝アヘイマ〟と呼ばれるキャビンは、音もなくブランコのようにゆらゆら揺れている。十タイムユニットほどのあいだ、そのおだやかな震動がからだを充たしてくれた。ラドンズは自分の五感を外界から切りはなし、アヘイマの均一な波長の震動だけにひたっている。震動はふわふわのおおいと、アヘイマの内側にあるものに伝わり、ラドンズは脈動する生気を受けとった。ホールにいる数十名もの同胞の鼓動が感じられる。かれらはみな、こうして生きる力を得ているのだ。

ラドンズがわきにからだをよじると、ガラスがくだけるような音がした。その音はかれのアヘイマから外に出て、消えてなくなった。ふたたび静寂がやってきて、ラドンズはいっそう自分の内面に意識を集中。四肢をからだにぴったり引きよせ、まるくなる。いい気分だ。あおむけになって前後に転がり、からだに流れこむあたたかさを満喫した。

もうすぐそのときがくる。ほどなく《マウクハン》は故郷にもどる。最後の飛行段階まで、数タイムユニットをのこすのみ。帰還は充分な時間の余裕をもって計画された。かれだけでなく、だれにとっても重要なそのときを迎える前に、数日間の休養が確保できるように。

そのときがきたら、永遠の船があらわれ、かれは自分の役割をはたすことになる。かれの種族はこうしていつも神々の掟を守ってきた。

ラドンズはこの〝いつも〟というのがいつからはじまったのか、とくに考えたことがなかった。それがなん世代にわたって行なわれているのか、数えていなかったのである。その出来ごとの記憶を名前にとどめた世代もあった。そうすれば自分の系図をたどってその名前を探すだけでいい。ラドンズはその名前を暗記していた。かれは自分が応募する前に、家族のデータまで調べた。だが詳細な時間的経緯はわからなかった。

すぐにもっとわかるだろう。なにしろかれは採用されたのだから。

ラドンズは〝選ばれし者〟になったのだ！

かれは《マウクハン》船内では例外的なあつかいをうけ、同胞たちが気をつかっていることは明らかだった。以前だったらそれが気になっただろうが、そのうちにかれは自分が演じる役割に慣れてしまった。神々の掟にしたがうのは、栄誉だと思うようになったのである。

アヘイマはゆりかごのようにやさしくかれを揺り動かした。ラドンズは覚醒と夢のあいだをゆききし、とてもよい気分だった。この状態になると、かれの赤外線暗視能力が、同胞たちのあいだでもめったに見られないかたちで刺激される。物体や生命体をリアルには識別できなくなり、あらゆる熱エネルギーの放射を自分のなかにとりこんで、そのなかに浸《ひた》るのだ。

《マウクハン》の今回の飛行で、かれはしばしばこれを経験し、そのたびに強くなった気がした。かれは自分が属する種《しゅ》すべてに共通する夢、すなわち飛翔の夢をみるようになったのである。惑星カッスバンの最高峰に立ち、平地から吹きよせる暖かい風にやさしくつつまれる。皮膚のすべてを開き、筋肉をぴんと張り、からだの繊維の弾力と強度をためしてみるのだ。両足をふんばってからだを縮め、勢いよくジャンプして空に向けて飛翔。上昇気流にのって山頂から遠くはなれたかれは、からだをひろげてしずかに空気に身をまかせ、滑空する。熱気がかれを山のはるか上空へと運び、ついに冷たい気層に達する。その気層によっていったん平地の近くまで下降すると、グレンドライの国々が見えてきた。入り江ぞいには三つの集落。海上に出てしまわないように、からだをすこし傾斜させる。数呼吸のあいだ待ってから、翼を上下に動かした。すぐにかれは揚力を感じ、ななめに舞いあがっていった。下の集落をまた注意して見ると、そこからの視線を感じた。きっとうらやましがっているのだろう。かれは同年齢のだれよりもうまく飛翔方法をマスターしているのだから。

突風が吹いてきて、投げだされた。ラドンズは驚いて目を見ひらき、バランスを失った。自分がグレンドライ上空ではなくアヘイマのなかにいるとわかるまでに、一タイムユニットを要した。リズミカルな脈動が突然やみ、アヘイマの揺れが乱れた震動に変化。ラドンズは壁に投げだされ、とっさに四肢を突っぱったが軽い打撲傷をおって、ハッチの横の握りにしがみついた。アヘイマもわきへ大きく持っていかれたものの、強い負荷に耐えるスプリング構造になっているのがさいわいして、ことなきを得た。宇宙船のこうした予期せぬ操縦は、敵と接触したか、回避行動か衝突を意味している。

この船の乗員は敵との接触には慣れていない。ほかの宙航種族との接触といえば、それはグラドのことだが、かれらの行動は秘密のヴェールにつつまれている。すくなくともラドンズはそう感じていた。かれはアヘイマとホールを隔てるあまり高くないハッチを、用心しながら開けた。

かれのうしろでにぶい音がした。ほかのアヘイマがかれのアヘイマにぶつかっているような音だ。

おそるおそるラドンズは頭を外に出した。アヘイマはさらに荒々しく動いている。ホールのどこかでものすごい音がして、それから船長の声がスピーカーから聞こえた。

「飛行を中断する」ズリエングホの命令口調の声だ。「《アルハング》と遭遇した。重要な情報を交換したのち、飛行を再開！」

ラドンズは笛のような音をさせて、息を吐いた。衝撃吸収装置がいささか遅すぎたが作動し、アヘイマの不規則な揺れがおさまってきた。ホール内がおちついてから、ラドンズはキックして勢いをつけてから身長の三倍の距離を飛び、無数にある握り棒の一本をつかんだ。この握り棒はアヘイマを支持する役目もはたしている。かれは前足をそこに巻きつけるようにしてぶらさがった。あちこちのアヘイマが騒がしくなった。仲間たちは苦しげなようすで外に出てきた。痛みのあまり痙攣《けいれん》しているものもいる。

「しずかにするんだ！」ラドンズが甲高《かんだか》い声でいった。「たいしたことはない。飛行を中断しただけだ！」

かれらはその言葉を理解した。動揺しているにもかかわらず、選ばれし者が話しているとわかったからだ。かれらは選ばれし者と飛行したことをけっして忘れないだろう。それは宙航士にとってたぐいまれな栄誉なのだ。その選ばれし者がこれから神々にしたがうのか、すでに聖なるつとめを終えたのかは、このさい問題ではない。

ラドンズは棒にぶらさがりながら太い柱のところまで移動。ここにも握りがはめこまれている。かれは柱にしがみついてのぼり、ホールの内壁の向こう側に出た。司令室がどうなっているか見るために、船内を移動するのだ。うらやましそうな視線がかれを追っている。ふつうの乗員は制御セクターには立ち入れない。だがラドンズには船長もあえて指図をしたりはしない。

「わが民、わけても聖なる者の名にかけて」と、ラドンズはつぶやいて棒がいたるところについているホールを出て、トンネル内壁をけってはなれ、無重力空間を移動した。

「飛行の中断が長引いては困る。わたしが永遠の船の到着に間に合わなかったら、だれも責任をとれない。カッスバンにもどらなければ！」

かれは前進運動を加速し、自分の飛翔皮膚を使った。だがこれは無重力状態では役にたたない。そこでまた棒をつたって移動した。

このようにして司令室に到着し、なかに滑りこむまでに五タイムユニットかかった。

選ばれし者は多くの情報を得ることはできなかった。重要な情報の交換はすでにすんでいて、《マウクハン》は次の飛行の準備をしていたのである。司令室にいる技師と将校は全員がこの段階で宇宙船の制御にかかわっている者たちだ。選ばれし者に注意をはらっているひまはない。ラドンズはそれを知っていたのだが、それでもベカッスがみな無視したことに腹をたてていた。

*

《マウクハン》は飛行をつづけ、次の遷移段階にはいっていたが、船内では動揺がひろがっていた。とくにひどかったのが司令室だ。船長のズリエングホは命令を出していたが、動揺の色はかくせず、部下たちは、はじめて宇宙船を操縦したときのようにおどおどして命令にしたがった。

ラドンズはどんなことにも口出しせず、じっと見ていた。かれはスクリーンがよく見える場所に棒を見つけて、ぶらさがっている。ズリエングホの司令パネルのななめ上だ。かれはずっと待っていたが、宇宙船がついに遷移すると、がさがさと音をたてて動いた。からだがはげしく引っぱられる感じがしたが、気にしなかった。それがつづくのはせいぜい四呼吸ぐらいのあいだ。遷移のさいにつねにあらわれる随伴現象だから、ラドンズもほかの宙航士も慣れている。

ズリエングホは、選ばれし者のいらだちに気づいた。かれはこうべをめぐらし、ちいさな声で報告をはじめた。

《アルハング》と遭遇したのは偶然ではなかった。この宇宙船の船長は飛行計画を知っていて、《マウクハン》がそのタイミングであらわれると予想してランデヴー・ポイントにやってきたのである。《アルハング》の同胞たちは、ラシュタ星系まで追跡してきた異人の宇宙船について報告を受けていた。ズリエングホはこうしてなにが起こったのかを知ったのである。サラアム・シインという名の異種族との思いがけない事件は、かれを動揺させただけではない。この生物が偶然に事故にあい、おそらく死ぬかもしれないと知って、かれは正気を失いそうになっていた。

「われわれにはなにもできません」と、ズリエングㇹはラドンズへの報告を締めくくった。「われわれはもともと、《シマロン》という奇妙な名の異人船を探すはずでした。ですが、あなたが乗船してきたので、あなたを最速でカッスバンにお送りしなければなりません」

　ズリエングㇹの口調は、選ばれし者に警告を発していた。かれは船長をよく観察したが、ふだんとちがう態度は見られない。それでもなにかが引っかかったが、すこしあとで理由がわかった。ズリエングㇹはからだの一部を皮膚のしわでおおっているので、外側からはたいらに見えた。だが実際にはその場所が内側にめりこんでいて、それは絶望とかたい決意の両方のあらわれだったのである。

「なにをしようとしているのか？」ラドンズがしわがれ声で訊いた。

「異人たちはわれわれの行動を敵意のあらわれと解釈し、かれらがわれわれの故郷を発見するまでやめないでしょう。ですから《アルハング》は直接故郷にはもどりません。追跡者をまくために、いったんちがう方向に向かいます。心配しているのは、この対策が無意味なのではということ。かえって事態が悪くなるかもしれません！」

「なぜだ？」

　ズリエングㇹは耳をつんざくような音で口笛を吹いて制御ユニットをつかむと、レール上のユニットを自分のほうに引きよせた。スクリーンの下半分になにかがうつしだされ、ラドンズはそれが生命体だとわかった。それを見たかれは動揺し、うろうろしはじめた。

「なるほど、これのことか」と、かれ。ズリエングホはすこしほっとしたようす。

「これはその宇宙船に乗り組んでいる異人のひとりです。もっとも、負傷しているこの生物はまたべつの種族で、自分の宇宙船を所有し、それが大きな宇宙船にドッキングしています。《シマロン》の乗員たちは、証拠はないもののわれわれの記憶と一致します。カッスバンの古い植民地のことをお忘れじゃないでしょうね、選ばれし者。異人たちが、われわれをずっと昔に宇宙航行に送りだした、あの星間航行者だということは、まずまちがいありません。わが種族の多くはかれらのことを忘れていますが、この話はずっと語りつがれています。これがどんな結果を招くか、考えてみてください」

ラドンズは考えをまとめようとしたが、うまくいかなかった。ショックが大きすぎたのだ。もしもかれらがあの宇宙船の生物を殺したとしたら、どういうことになるか。勇気をふるって答えるまでに、かなり時間がかかった。

「わたしの意見は、船長」と、かれはいった。「もしもわれわれが本当に神々の掟をやぶったのなら、わが種族にまがまがしい結果を招くことになるだろう。あなたにたのまれるまでもなく、わたしはみずからの力で悪《あ》しき結果を避けられるよう、あらゆることをするつもりだ。わたしはよき選ばれし者になり、星々の異人たちに許しを請う。わたしにできるのはそれだけだ！」

「それで充分です」船長はあわてていった。「あなたはわれわれから重荷をとりのぞいてくださいました、ラドンズ。あなたはまさに選ばれし者。若いとはいえ、すばらしい英知の持ち主だ！」

選ばれし者はそれに応じなかった。かれは、なにもいわなくていいことをよろこんでいた。自分の種族の秘密の支援者について知っていることを、必死に思い出していたのである。その外見はわからない。古い伝説や噂はあるが、推測の域を出ない。その一方で、異種族が理由もなくかれらの宇宙船を待ちぶせし、ベカッスに興味をいだくことは考えられなかった。これは一種のテストかもしれない。こうした場合、ごまかしはなんの助けにもならない。わがほうの損害をできるだけすくなくする方策があるとしたら、無条件ですべてを説明し、罪人たちを秘密の支援者に引きわたすことのみ。謝罪だけでは不充分だ。

船長はちいさなスクリーンをいくつも作動させ、宇宙船の個々の区画の状態をチェックしている。武器統制センターの向かい側は、比較的しずかだ。ここではとくに精神の抵抗力があるベカッスだけが働いている。しかし、船内のほかの領域では動揺が高まるばかり。訓練された心理学者が《マウクハン》の乗員二百名をコントロールするために投入された。ほとんどの者は、おのおのの居場所であるアヘイマがあるホールにもどっている。ラドンズは、方向感覚がなくなってよろけながら苦しげに動きまわる同胞たちをたくさん見た。かれらは自分のアヘイマをとりちがえ、それでさらに怒りをつのらせていた。故郷星系に接近しているという船長の知らせを受けて、一同はすこしおちついた。

もっとも、帰還飛行はまだ四昼夜つづく。この間に宇宙船は五回遷移する。ラドンズはこの時間を自分のアヘイマのなかに閉じこもってすごした。最後の遷移の直前、かれはようやく司令室に姿を見せた。瞑想をしたのでおちつき、だれもかれの動揺に気づかないほどになっている。かれはしずかにうしろの棒にぶらさがり、グレイのスクリーンを見ていた。そのグレイがいつのまにか大宇宙の漆黒へと変わり、このこころよい暗闇にほのかな光点がまたたいている。大きなオレンジ色のボールのような恒星オルサがスクリーンの中央にあらわれたとき、《マウクハン》の機器類が、第十一惑星の外側で潜行航行している宇宙船を発見。超音波アラームが作動し、《マウクハン》は大砲の被覆をはずした。武器統制センターから待機していると通知がはいる。

「異人の宇宙船です」ズリエングホが確認した。「非常時には、防衛措置を講じるしかありません！」

「いや、われわれはすでにたくさんのまちがいをしてきた！」ラドンズが叫んだ。「異人が攻撃してきても、応戦してはならない。場合によっては《マウクハン》が破壊されてもしかたがない。それしかわれわれに道はない！」

さらなる考えがかれの頭を駆けめぐっていた。異人の宇宙船は《アルハング》と《マウクハン》を追跡してきたのではない。直接、このオルサ星系にやってきたのだ。

「ズリエングホ」ラドンズはつかえながらいった。「星間航行者とグラド以外にわれわれの故郷を発見した宙航種族はまだいない。だがこの異人は自分たちでここにきた。かれらは座標を知っている。全能の神々は偉大だ。もはや疑いの余地はない。われわれはまずい失敗をしたもの。とてつもない罰が待っているぞ！」

ズリエングホは棒から勢いよくはなれ、かれのほうに突進し、そのすぐ横にしがみついた。

「罰ですって？　あなたはわれわれ以上にご存じなんですね？」と、かれは叫んだ。

「情報をください、選ばれし者！」

「ほかの者たちより多くを知っているわけではない。だが急に不安になったんだ。永遠の船がもうこないのでは、という不安だ」

2

それには意味がない。ベオドゥの心の深みまで踏みこむことは、かれにはできないだろう。現実においてもとても無理だ、とアンブッシュ・サトーは確信した。アッタヴェンノクのベオドゥが横たわっているバスタブ型の寝椅子にかがみこんでいたサトーは、身を起こした。この日本人の血を引くちいさなテラナーは、数ミリメートルに刈りこんだ剛毛のまるい頭を振ってから、舌なめずりした。胸の部分に銀色の刺繍がほどこされた明るいブルーのキモノのしわを、両手でなでつけている。

ベオドゥを助けられるからというだけで、超現実をつくり出すべきなのだろうか？

アンブッシュ・サトーはそうしないと決めた。必要な機械類はあるが、エネルギーを《シマロン》のポジトロニクスから調達しなければならず、それは現時点では大きなリスクだ。ハイパー空間からの脅威はここのところ深刻だ。《シマロン》も《ソロン》も亡霊船と出会った。《ソロン》は損傷したが、《シマロン》はヴァーチャル・ビルダーを使ったトリックで、破壊されずにすんだらしい。

それに超現実学者サトーは、ベオドゥを助けるチャンスがつかめなかった。ベオドゥは、エスタルトゥ復活の過程でみずからの真実の夢を失った。かれにかつてこの能力をあたえたエスタルトゥが、それを奪いとったのである。だがベオドゥにとって気がかりだったのは、このことではなかった。かれを苦しめていたのは、真実の夢の喪失により、ふつうの夢を見る能力もなくなってしまったことだった。すべての知性体が見るような夢を、かれだけが見られなくなってしまったのだ。

　ベオドゥは眠っている。みずからを催眠状態におちいらせて、この覚醒睡眠状態から、深層睡眠の状態にはいったのである。アンブッシュ・サトーはかれを起こさないように、音を出さずに呼吸していた。

　超現実学者はメド・コンソールのクロノメーターを横目で見た。ベオドゥのこの状態はすでに十五分つづいている。このアッタヴェンノクは、そのあいだぴくりともしなかった。端末に表示されているかれの身体機能は、覚醒段階にあるかのように一定のままだった。だがそれはとくに意味がない。このタルカン宇宙の生物のメタボリズムは、テラナーといちじるしく異なるからだ。脳波は完全に平坦なカーブを描いている。ベオドゥはほとんど考えておらず、夢も見ていない。

　サトーは想像した。ベオドゥは潜在意識のなかで、夢見能力を遮断されるというトラウマに苦しんでいるのではあるまいか。心理学的にはこの遮断を除去することはなんら問題がない。船内には異生物心理学者がたくさんいる。重要なのはほかの要因で、たとえばベオドゥが異宇宙にひとりとりのこされ、帰還もできず同胞と再会する希望もないという事実がそのひとつだ。

アッタヴェンノクが自発的に参加したのは事実だ。ペリー・ローダンを友と思ったからである。しかし、かれはこんなことが起ころうとは考えていなかった。

だれもがそうだった。まさか最初の数週間で、ちいさな銀河遠征隊と《シマロン》と《ソロン》がこれほど苦労するとは。

メドトロニクスがスクリーンに短い勧告を表示した。この生物のメタボリズムに関する内容を読み、サトーはかぶりを振った。ベオドゥの助けになるのは薬ぐらいだろう。だがかれのからだをリラックスさせ、精神を鼓舞することはできるが、それは真の救いにはならない。

かれはゆっくり右手をベオドゥのほうにのばし、まとっているケープの上にのぞいている胴体に直にさわった。

「起きてください！」と、かれ。「診察を中断しますよ！」

ちいさなからだに生命がもどった。頭から生えた翼が動き、くるくる巻かれていた翼がひろがると、その先端にある目が開いた。ベオドゥははずみをつけて上体を動かし、ななめの角度になるまで起こした。関節がいくつもある足を〝バスタブ〟の外に出し、前後にすこしからだを揺らしてから、勢いをつけてようやく立ちあがった。かれはゾウのように長い鼻がついている顔をサトーのほうに向けた。

「大きな虚無がわたしのなかにあります」高く澄んだ声が、さえずるようにいった。口の内部にあるトランスレーターがインターコスモに翻訳する。このトランスレーターはシンセサイザーと似ていて、有機的な特性がある。

「それをもうちょっとくわしく説明できますか？」と、サトー。

「星々のあいだの虚無空間と似ています。それより高い次元はありません。赤々とした輝きに充たされることはけっしてない。とても悲しいです、サトー。わたしを助けてくれませんか？」

「助ける手段はひとつしかないでしょうな」サトーは微笑しようとした。「それでがまんしなければならない。すくなくとも当面はね。この状態がどのくらいつづくのかは、だれにもいえません。おそらく一時的な現象でしょうが」

　ベオドゥの頭の翼が下を向き、アッタヴェンノクはいつもよりさらにちいさくなった。身長一メートル五センチのかれは、援助が必要なちいさな生物だが、多くの有益な特性もそなえていた。

　アンブッシュ・サトーはなにかなぐさめになることをいいたかったが、端末のちいさな音響信号に注意がそれてしまった。《シマロン》がオルサ星系に到着したのだ。サトーはベオドゥの治療を支援する装置のところまで行き、スイッチを切った。

「大丈夫！」と、かれはアッタヴェンノクにいった。「次の機会にきみの問題を解決することにしよう」

*

「なんておろかなんです、ペリー！　目の前で起きていることを見ようとしないなんて。タルカンに長くいすぎたせいですかね？　ストレンジネス・ショックが徐々に出てきたんですか？　そんなはずはない。あなたが完全に分別を失ったとも思いませんよ。でもある程度冷静な宙航士だったら、あそこでなにが起きているか、だれだってわかります。われわれを壮大な罠が待ちうけているんですよ。ひとたびつかまったら、二度と出てこられませんって！」

レジナルド・ブルがまくしたてている。かれはペリー・ローダンの居室にしばしばやってくる。十五分前からブリーは、警告を出す必要があると友を説得していた。ローダンはかれに笑いかけるものの、なにもいわない。ブリーがすべてしゃべって感情を吐きだす必要があることを知ったうえで、黙っているのだ。

「わたしもなにもわかってないわけじゃない」ブリーがようやくひと息ついたとき、ローダンがいった。「それともそういう印象だったのかな？」

「わかりません」短い赤毛のずんぐりしたテラナーは、かなり前に立ちあがったそのシートにふたたび腰をおろした。「グラドが二百の太陽の星でどうふるまったか、忘れているように思ったものですから。かれらはまったく協力的ではなくて、われわれの言葉も信じなかった。ここも同じようなものです。たしかにアイシュラン＝ホは大マゼラン星雲の惑星のなかでは例外でしょうな。それでもあの獅子人間たちはなにかたくらんでいると、わたしはにらんでます！」

こんどはローダンがはっきりと首を横に振った。「ちょっと考えさせてくれ」と、かれは友にいった。「わたしはなにか見落としているかもしれない」

大マゼラン星雲にきた時点までさかのぼって、かれは考えた。かれらはアイシュラン＝ホにきて、《ソロン》を見つけた。ニッキ・フリッケルが誘拐され、かれらはこの女船長を誘拐犯から解放することに成功した。次にトリンダルラーのメモキューブを発見し、イホ・トロトの映像を見た。かれは過去の柱へと向かう途上にいる自分につづけと要求していた。このメッセージは漠然としていて、そのシュプールを追えば、だれかがしかけた罠にかかるかもしれなかった。だがたとえそうだとしても、グラドが裏で糸を引いているとはかぎらない。

アイシュラン＝ホにさらに滞在するうちに、ペリーはマッセンジの著名な市民、テトラン・カームと知りあった。かれも大カタストロフィ直後の数十年の記録を見せてくれた。それでローダンは詳細をさらに知ることとなった。たとえば大戦争が数十年間もつづき、キャプテン・アハブと名のっているストーカーがふたたび局部銀河群に出没していたことなどだ。こうした情報から具体的なヒントは得られず、アイシュラン＝ホの当局も協力的ではなかった。グラドはだれもそうなのだが、銀河系とその秘密の支配者の話になるとおよび腰になるのである。

《シマロン》は出発の準備をしてスタートしたが、計画のすべてを変更しなければならないようなことが起きた。惑星の上空に見おぼえのある宇宙船があらわれたのである。イホ・トロトの録画に登場した宇宙港。そこに駐機していた宇宙船と同じタイプだ。グラドは、ベカッスという名のその宇宙船の種族について、《シマロン》に警告を発してきた。宇宙船は逃げたが、そのシュプールをラシュタ星系の衛星アオンタンまで追うことは、《シマロン》にはさほどむずかしくなかった。このラシュタ星系にサラアム・シインが《ハーモニー》で到着し、《シマロン》の乗員は、アトランがヘラの窪地を固定的な基地にできないかと調査していることを知った。そこでは六百五十年前にクトル・ロボットが封鎖された銀河系に突撃しており、そのことはクロノパルス壁が当時すでに存在していたということを示唆《しさ》していた。ヘラの窪地での調査にあたって、ラトバー・トスタンは独自の計画を実行したが、その結果《ツナミ＝コルドバ》は破壊され、トスタンとスヴォーン人は死んでしまった。この喪失の悲しみのほうが、クロノパルス壁の貴重な測定に成功したというニュースよりも、はるかに大きかった。

ペリーは《ソロン》のラボに保管されていたドロイドの残骸について考えた。これはとうにフェニックス＝1にもどされている。アイシュラン＝ホの当局は、そのようなハイブリッド生命体が自分の惑星にいたことをまったく知らなかった。本当にグラドは嘘をついていたのか？

　そうだという手がかりはない。ブリーの推測も怪しいものだ。

「やはり、わたしはなにも見落としていない」しばらくしてローダンはいった。かれは顔をあげて、テーブルの向こう側にいるレジナルド・ブルを見た。「グラドはベカッスに警告を出し、かれらを守ったにすぎない。われわれはアオンタンのシャンガントの法を破った。サラアム・シインは自分の行動によってひどいけがをした。だれかがあやまちをおかしたのだとすれば、それはわれわれだ」

「もちろん、そうでしょうよ！」ブリーはむきになっている。「いつだってわれわれのせいですよ。ベカッスは温厚そのもの！　かれらはなぜグラドが自分たちを守るのかすらわかっていない。私心がないんですかね？　ベカッスがけっして危害をあたえられない状態だと、どうなるんでしょうな？　なぜそんなことを？」

「きみはせっかちすぎる、太っちょ」ローダンがいった。「サラアム・シインならなんていうだろう？　残念ながらかれは歌う能力を失ってしまった。かれにできるのは、きみをたちどころにおちつかせることかな」

「わたしをからかっているんですか」ブリーは口をとがらせた。「いいでしょう、出ていきますから。この船のなかでは、もうなにもいいません。でも、われわれがなにを探りだしたのか、わかってます？」

もちろんかれはわかっていた。ベカッスは宇宙航行に関してはまだ経験のない種族だ。故郷銀河での出来ごととは関係ない。グラドはあらゆる有害な影響をかれらから遠ざけ、そのおかげでかれらはのびのびと発展することができた。宇宙ハンザをベカッスは知らなかった。七百年以上前、ハンザ船はマゼラン星雲でサラアム・シインの説明とぴったりの生物とコンタクトした。この生物もベカッスと名のっていたが、技術的に見ると、自分たちで宇宙航行できるようになるまでにまだ百惑星年以上かかりそうだった。星系の座標は、《シマロン》の船載シントロンにはいっていた。そこで《シマロン》は恒星オルサに向かったのだ。

「待つんだ、ブリー！」ペリーが立ちあがった。「まもなくベカッスの故郷星系につく。そこでこの種族になにが起きたのかわかるだろう。この星系にトロトの録画に映っていた宇宙港があるかどうかもね。おそらくこの種族の存在をおびやかしたりせずに、関係を深めることができるだろう」

「おびやかされるとしたら、それはわれわれのほうです。グラドがうしろで糸を引いていることをお忘れなく。かれらがオルサ星系にいないとでも思っているんですか？　あいつらはなんでも監視している。グラドは攻撃的な拡張段階にあるんです。そうでなければ、なぜあんなに熱心に二百の太陽の星の面倒をみるんですか？　ポスビの遺産管理人としてですか？　われわれはそれが唯一の理由ではないことを知っています。かれらはあっちにもこっちにも入植しようとねらっているんです！」

ローダンはハッチのところまで行き、感熱スイッチに手をかざした。音もなくハッチがスライドして開く。

「きみは正しくないといずれわかる」と、かれは振りかえって肩ごしにいった。「グラドは見つからないだろう。かれらの宇宙船もね。なにもない。獅子人間たちはオルサ星系にはいない！」

ブリーは友好的とはいいがたい言葉をぶつぶつつぶやいたが、それから黙り、ローダンについて通廊に出た。ふたりはいっしょに《シマロン》の司令室にもどった。そこにはすでに重要メンバーが集まっていた。グッキーがまんなかに立ち、話をしている。

「……そしたらかれは、ぼくが夢にも思わなかったようなことをいやがった。ハミラー・チューブの狂気ってのは、複雑怪奇だよ。正気にかえった瞬間には、なにが問題なのかすごくよくわかってる。反応はめちゃくちゃ大げさだけどね」

「かれはなんていったんだ？」イアン・ロングウィンが大声で訊いた。

「ミスタ・グック、人間というのはすぐに不安になる生物なんですね。わたしにこの宇宙船の指揮権を握るチャンスをください。わたしがオルサ星系をすみずみまで調べあげますから。われわれがグラドの悪だくみを立証できなかったら、とんだお笑いぐさですよ、だって」

　ここでグッキーが沈黙し、新しくはいってきた人物のほうを向いた。

「で、きみはなんと応じたんだ、ちび？」ローダンがすこし目を細めていった。

「なんにもいっていないよ、ペリー！　サトーに録画を持っていって、それからここにきただけさ！」

「それはよかった！」ペリーはネズミ＝ビーバーの肩をたたき、歩きだした。ブリーはかれにつづこうとしたが、立ちどまった。

「ハミラー・チューブは本当にそういったのか？」と、かれは訊いた。「そうか、わかってよかった。ポジトロニクスと話してみないと！」

3

星間航行者の宇宙船は発砲してこなかった。まるで《マウクハン》の到着がわからなかったかのようだ。第十一惑星の軌道で、宇宙船は速度をゆるめた。ズリエングホはこれをどう解釈していいのか首をひねった。かれは精神を集中し、なにが起きたのか、なにが起きていないのか、自分は選ばれし者の言葉を聞きもらしていないか、などとあれこれ考えた。

ほかにやりようがないのなら、かれにのこされた道は自分の義務を遂行することのみだ。

「カッスバンに針路をとる！」と、かれは命じた。

宇宙船はまた向きを変え、加速した。短い遷移をへて第五惑星の至近で通常空間に復帰。ここでもすでに警報が出ていて、ズリエングホは、防衛包囲線の安全ポジションに接近し、そこからはなれないように指示された。

「わが種族のすべての神々にかけて！」と、かれは通信装置に向かってどなった。「フリリアンに対する情報があります！　秘密事項なので、通信で伝えることはできません！　フリリアンに向けて飛行することを許可していただきたい！」

宇宙防衛隊のおろかな隊員はそれを拒否した。ズリエングホは考えた。きっとこの男は義務感が強い兵士で、命令にはしたがうが、神々のことなどは考えていないのだろう。かれは選ばれし者をちらりと見た。

ラドンズは黙っている。両目を皮膚の下にかくし、頭の先端だけがのぞいている。かれは決定をくだすことから逃げた。どのみち船長は、ほかのだれかを臆病だとなじったり、ましてや選ばれし者に責任をなすりつけたりしなかっただろうに。ラドンズは自分の目標達成をあやうくすることができなかったのである。フリリアンはかれに、名誉ある日を迎える前に、カッスバンの地に足を踏みいれる可能性をあたえてくれた。《マウクハン》が定められた安全ポジションをとったら、ラドンズは動きがとれなくなる。

警告灯が明滅しはじめた。ぎらぎらする光が司令室の要員の目と四肢に痛みをあたえる。かれらは頭を可動セグメントのうしろにかくし、皮膚の一部を開いて、壁からの照りかえしから身を守った。

「きみの宇宙船が命令にしたがわないのなら、撃つぞ、ズリエングホ！」ステーションの兵士が警告を発した。

ズリエングホはチャンネルを切り、通信装置をフリリアンに合わせて調整した。司令官しか知らない緊急コードを送って、すぐに接続を確立。スクリーンにあらわれた高位の将校は、興奮して両手でコンソールをたたいている。

「警報が出ているんだぞ」と、かれ。「どんな用だ？」

「われわれは《アルハング》とコンタクトしました。ラシュタ星系で、ある出来ごとが起こったとのことです。でも非常に重要なことなので、政府評議会にしかお話しできません。未知の宇宙船の件です。急を要しますので、ただちに進入トンネルを開いてください！」

「なにが重要かは評議会が決めるものだぞ、ズリエングホ」将校が大声を出した。「もしおまえがあやまちをおかしたなら、死ぬまでのあいだずっと重力刑に服さなければならない！」

ズリエングホは身ぶるいした。重力刑をうければ、もう無重力状態のよろこびを味わえない。死ぬまでずっと、最大重力の故郷星系の惑星ですごさなければならないのだ。

「トンネルを！」それでもかれは懇願した。「時間をむだにできないのです！」

数呼吸ぶんの時間がすぎたところで無線リンクが確立し、進入の調整が行なわれた。自己判断でフリリアンに接近することは許されない。この軌道ステーションはそれほど重要なのだ。フリリアンは十二名の評議員で構成される政府評議会の所在地だった。もっともフリリアンは、数百万のベカッスが暮らす大規模ステーションがたくさんあるなかでは、ちいさくて目立たないほうだ。

ラドンズは皮膚の下から頭を出し、周囲を見まわした。かれは翼をすべて折りたたみ、満足げなうなり声を出した。棒につかまるとからだを回転させて、頭が船長と同じ高さになるようにしてぶらさがった。

「われわれはまだかなり時間があるようです」と、かれが予言した。「異人の船はそれほど動きがないでしょう? 猛禽《もうきん》類のようなふるまいではない。どういう意味かわかるような気もしますがね。あの宇宙船は待ちぶせをしているんです! タイミングをはかっているのでしょう。恐ろしい報復が待っているかもしれない!」

ズリエングホはからだの向きを変え、頭を選ばれし者のほうに向けた。かれは、選ばれし者に攻撃をくわえるのはふさわしくないと知っていた。しかし、この瞬間は、もうどうでもいい気分だった。

「あなたのおかげでこっちは奮いたちましたよ、ラドンズ」と、かれはきっぱりといった。「司令室から出ていってください。そうでないと暴力に訴えなければならない。あなたの行動は、ご自分のステイタスをだいなしにするものでした!」

選ばれし者は、自分のしたことの意味を理解したらしい。あわてて棒からはなれ、司令室を横切るように移動して船長の求めにしたがった。ズリエングホは確信していた。ラドンズは外の通廊で棒を見つけ、これからなにが起きるかようすをうかがっているだろう。

ズリエングホは部下全員に制御エレメントからはなれるように指示した。そうすればうっかり制御コマンドを出して、フリリアン軌道ステーションの通信制御装置に介入してしまうことが避けられるからだ。

＊

ステーションがかれらの前に姿をあらわした。惑星の光を背後にうけて、不規則な影を投げかけている。《マウクハン》はさらに減速し、船内のベカッスは主エアロックに向かった。そこでかれらは内蔵された映像伝送装置を作動させ、ドッキングのようすを見守った。宇宙船がステーションの胴体部まで誘導されたという事実は、オルサ星系の政府評議会が事態を真剣に受けとめているということ。

フリリアンの全容がわかってきた。このステーションのかたちは、飛翔するベカッスの姿を模したもの。それは鉱石をたわめてつくった理想像で、前史時代の記憶を表現したものだ。かれらの先祖は空を飛ぶことができたのである。そのころはカッスバンの重力がいまよりちいさかった。ベカッスはすべての飛翔動物に準ずる飛翔能力があったが、のちに退化してしまった。おそらくこれは重力が大きくなった影響によるものだろうが、科学者たちの報告によると、飛翔能力の喪失は、知能の向上と足並みをそろえてあらわれるらしい。その直接の証拠はこれまで見つかっていないのだが、ベカッスの民が長きにわたって悲しみをかかえ、故郷惑星カッスバンにおいて発展をとげられずに生きてきたのはたしかである。技術的な発展は非常にむずかしく、宗教と多神教が科学者たちのさまたげとなった。多神教がゆっくりと衰退し、芸術と学問の新しい分野が発展しはじめた時期に星間航行者がきて、ベカッスに宇宙航行というプレゼントを贈った。当初は、ベカッスの理解がおよばない点がたくさんあったが、そのうちに勢いがつき、ついにかれらは自分たちで最初の宇宙船を建造した。このころからベカッスは星々の異人たちに感謝し、神々の掟を熱心に守るようになる。この掟はかれらの目にはフェアな申し出だったのである。問題が起きたことは一度もなく、掟の意味を疑うベカッスはだれもいなかった。こうしてかれらのうちのとくに才能がある者が選抜され、定期的にやってくる永遠の船に乗りこむようになった。

　いまになってようやくベカッスの民は決定的な転換点を迎えたらしい。これまでルールだと見なされていたものが、すべてぐらついているような状態だ。

《マウクハン》は、ほとんど衝撃を感じないほどスムーズにステーションの胴体部下側の主要漏斗《ろうと》にドッキングした。ズリエングホは左目で、ラドンズがかれの横にいるのを確認。選ばれし者が前に進みでると、船長は不機嫌になった。瞬時にラドンズはうしろにしりぞき、フリリアンの胴体部にはいる優先権を船長にゆずった。

暗い赤色のランプがほのかに光り、かれらの前のハッチが動きはじめた。薄板がかすかな音をたてながらスライドして開く。さらにその先の第二のハッチが開き、その向こうに発射の準備がととのった武器を持つ兵士が立っている。そのうちの一名が測定装置を引っぱりだした。

「かれらは武装していない」その男がいった。兵士たちはあいだをあけ、《マウクハン》の司令室要員は動きだした。ラドンズは船長がふたつの握り棒の一方をけってはなれ、ステーションの内部に飛んでいったので、いそいでかれにつづいた。

フリリアンはちいさかったが、ステーションとしては充分だ。トンネルは直線的に配置されているので、終わりがないほど長いように思える。くすんだブルーの光がトンネルを照らしているが、分岐点の開口部は暗くて視認できない。ズリエングホはこうした環境に慣れるのに、まったく苦労しなかった。かれは兵士たちにつづいた。かれらは夢遊病者のようになんの迷いもなく無重力状態のステーションを移動し、生まれたときから練習しているように次から次へと棒をつたって動いている。突然その姿が左側の闇に消えたので、船長は驚いて自分の赤外線暗視能力の助けを借りるのを一瞬忘れるほどだった。かれはからだの左側をトンネルの内壁にぶつけ、バランスを失った。腕を縦方向の棒に巻きつけて、体勢をととのえてからまた動きだして、兵士たちに追いついた。しかし、かれは自分のしくじりが後続の者たちに迷惑をかけることまでは思いいたらなかった。ラドンズは動きをとめ、のこりの《マウクハン》のベカッスたちは、選ばれし者に衝突しないように必死になった。かれにぶつかって、皮膚にけがでもさせたら、申しわけがたたない。

　しょっちゅう聞こえるブザー音から、いまはスイッチが切られているものの、自動罠の重力プロジェクターがどこにあるのかわかる。兵士たちはステーションの中心部まで同行し、ニッチ・ホールのある居住領域の横を通過して、ゴンドラの下を抜け、空中に浮遊している球形の評議会ホールまで案内してくれた。球の揺れは中心部ではブランコのように大きくなるので、宙航士たちは気をつけてしずかに動くようにと、兵士に何度もいわれた。球形ホールの外側には多数の開口部があってそこに文字が書かれている。そのためベカッスは問題なく位置を確認できる。宇宙飛行士の研修をはじめると、かれらは百種類ある平面の名前をおぼえこまなければならない。この名前は、平面の高さによって段階的に決まるのではなく、球形ホールの中心と平面との位置関係に応じて決まっていた。

　ズリエングホは赤い文字を探した。これがパウドルンの入口をあらわしているからだ。かれは自分のチームと分かれた。全員が散り散りになったので、船長は選ばれし者を見失った。ラドンズは球を一周する道にいた。かれは反対側から球にはいった。選ばれし者は、球の内部ではズリエングホ船長より高い平面を確保し、かれの立ち位置を思い知らせるつもりだったのだ。

船長はパウドルンの入口に到着し、もう一度まわりを見た。兵士たちはもういなかった。かれらはステーションの中心である評議会ホールに通じるすべてのトンネルを見張っている。たとえ突発事件が起こっても、だれもここから逃げられないだろう。

だがだれが突発事件のことなど考えるだろう。兵士たちの動揺は、未知の宇宙船が出現して奇妙な行動をしたことに起因しているのだから。そのためにオルサ星系の宇宙軍が警報を発令した。ズリエングホのいわくありげな示唆は評議会をひどく驚かせたにちがいない。かれは自分の情報が本気にされなかったら、どんな目にあうのか考えざるをえなかった。

かれは開口部からなかにはいった。どこかわからない光源からグリーンの光が球形の評議会ホールの内部を照らしている。パウドルンがかれの前にのびていた。かれは四肢のすべてをのばし、平面にとりつけられているやわらかいクッションをつかんだ。ゆっくりとからだが前に移動していく。パウドルンは前にいくほど細長くなり、平面はほかのパウドルンと同じように先がとがった楔《くさび》形で、球形ホールの中心の直前にある虚無で終わっている。パウドルンの横、上方、そのほかにもたくさんの方向からほかの平面がとげのように突きでていて、これらが中心の空間をおどしているようだ。しかし、それは威《い》嚇《かく》などではなく、ベカッスがその昔、審議をしていたあの〝評議会洞窟〟の構造を模したものなのだ。

ズリエングホはパウドルンの先端に達し、窪みに滑りこんだ。しっかりとつかまり、呼吸をととのえる。評議員たちのために予約されているアーチ形の棒の方向を見てみた。棒はまだ空席で、全員が平面を通って自分の窪みにおさまるまで待たなければならない。

　ズリエングホは左右と上下を見やった。ラドンズがかれの位置からななめ上方の平面にいる。かれの平面は休息用の窪みが平面の先端に埋めこまれていないのが特徴だった。そのかわりに平面に一種の突起物がついていた。その突起部分に選ばれし者がすわると、評議員との距離が窪みにおさまっているベカッスたちより近くなるのだ。

　ズリエングホは心のなかでため息をついた。うらやましかったわけではない。しかし、一度は選ばれし者になってみたかった。しかし、運命が定めた道は異なっていた。選ばれし者が永遠の船の到来を待つ惑星に近づけば近づくほど、かれの名声は上がり、同胞からの尊敬は高まる。ほとんど神のようにあつかわれるのだ。こんにちではもう〝神〟という言葉の意味を論じるのは無意味になっているというのに。宇宙を航行し、ほかの星系に移住するような時代には、〝神〟は権力とほぼ同義というより、むしろ歴史的な過去の概念になってしまった。この概念を完全に否定する無神論者もいるが、かれらですら、これが自分の種族の進歩にかなり役立っているという事実を避けては通れなかった。

ついに船長は平面のあいだに影があるのに気づいた。評議会の十二名のメンバーが到着したのだ。いや、ちがう。十一名しかいない。かれらは無重力状態のなかを動きまわり、ようやく各自のアーチ形の棒に着地した。ズリエングホはスポークスマンである長老、アジングハウの姿を認めた。

「わが種族の名において、あなたたちを歓迎します」かれはスポークスマン専用の棒につかまってから、ちいさな声でそう告げた。「とくに選ばれし者のラドンズを歓迎します。評議員グウェランダーがまだきていないので、しばらく待たねばなりません。かれはすぐに到着するでしょう」

ズリエングホはいらだちをおぼえた。発言を許されるときをずっと待ちつづけていたのに。「待っているあいだに、異人たちがわれわれを滅ぼしたらどうするんです？」と、叫びたい。だが、最後の瞬間に思いとどまった。自制し、評議会の尊厳を重んじなければ。そこでかれは沈黙した。

＊

グウェランダーは球形ホールに向かう途中で、立ちどまった。赤外線暗視能力を使う必要性はなかったのだが、それをしたいという欲求が自分のなかに生じた。かれの一部ともいえるだれかが近くにいるという直感である。

グウェランダーはそれがたったひとりの者、すなわちエヘエンザを意味すると知っていた。論理的にはありえなかった。エヘエンザはフリリアンにいるわけがないのだから。不可能だ。自分の子供がフェリーできたらわかるはず。

だが、かれの五感は裏切らない。さらに移動し、自分の感触がフリリアンの中心地に近づくにつれてますます強くなることを確認。悪い予感がする。かれは前進運動を加速させ、強く棒をけってはなれ、からだをかたむけてトンネルを飛んだ。分岐点にきた。無意識のうちに赤外線暗視に切りかえ、合流点を次々に観察する。すると、かなり前方に自分と同じ方向に動いているなにかが見えた。

いそいで棒を握りながら追跡。遅れをとりもどしたかれは、相手がとまって自分のほうに近づいてくるのに気づいた。

やっぱりそうだった。だが、どうやってステーションにきたのか？

トンネルのまんなかでベカッス二名は出会った。

「エヘエンザ、どうやってここにきた？」評議員の声は、非難といぶかしさが入りまじっていた。「警報発令中だ。とっくに地下のシェルターに避難すべきなのに！」

エヘエンザはかれの唯一の息子だ。自分の子はカッスバンの安全な場所にいると信じていたのに。グウェランダーは決心した。叱るだけですませてはならない。

「怒らないでよ」と、若いベカッスは悲しそうにいった。「あなたにつらい思いをさせるつもりはなかった。でもぼくは誇りを傷つけられたんです。あの決定は理不尽だ。ぼくはほかの受験者たちと同じような成績をあげたのに、受からなかったんですから。それでこっそりと、ジャイメンを経由してフリリアンに飛ぶフェリーに忍びこみました。評議員にお願いをするためです。評議員がここにいるのは、不正をなくすためでもあるんでしょう？　それであなたを訪問してみようと思いました。あなたに会えてとてもうれしい。ぼくのことを……」

「黙るんだ！」グウェランダーはかれを叱りつけた。「いまは非常事態だということを忘れたのか？　重要なことをひかえている。次のタイムユニットになにが起きるか、わかったもんじゃない。それなのにここにやってきて、不平をいうなんて！　きみは落第したんだ。拒絶されたんだよ。わたしの子なら、この失望を乗りこえる力を持っているはず。だから嘆くな。不平をいうんじゃない！　評議員の子なんだぞ、苦情を申したてたりするな。こっちへこい！」

グウェランダーはエヘエンザをつかみ、力ずくで引っぱると、ちいさな監視室に連れていった。そこでかれは職員に指示をあたえた。現時点では、エヘエンザをフェリーでカッスバンに行かせるのは非常に危険なのだ。そこで職員に、わが子を監視し、警報が解除されしだい最速でカッスバンにもどすようにたのんだのである。

「なぜぼくがきらいなんですか？」エヘエンザが叫んだ。「どっちみちここにいつづけるつもりはありません。よろこんで出ていきます。無重力状態はわれわれベカッスには有害です。わが民を弱らせるだけです！」

　また未熟な魂が反抗している、とグウェランダーは考えた。ここ数年間、種族の評議員としてわが子に多くの時間をさけなかったために、エヘエンザはこんなに反抗的になったのかもしれない。だがかれはひとまずその考えを押しのけ、身ぶりでしずかにさせようとした。

「きらっているわけじゃない。だがきみはフリリアンの法を破った。評議員の子なら、法を守らなければならないんじゃないか？」

　そういってからかれはエヘエンザをあとにのこし、評議会ホールに向かった。

　グウェランダーが席についたとき、ズリエングホはすでにがまんの限界だった。おちついて行動しなければと思っても、もうどうしようもない。皮膚のしわからがさがさと音をたてながら、かれはアジングハウを観察した。このスポークスマンは完全に自分をコントロールしていて、混乱にもびくともしない。かれは、ズリエングホが船内から自分のミッションの緊急性を説明した内容を、手短かに述べた。

「さあ、話すんだ」と、アジングハウはかれに要求した。「あなたの運命はあなた自身の手にかかっている！」

　ズリエングホ船長の口から堰《せき》を切ったように言葉が出てきそうになった。パウドルンが震動をしはじめ、スポークスマンの声で、かれはカタストロフィ勃発は目前だという気にさせられた。必死に自分をおちつかせ、突然の震動がおさまるまで待つ。それからズリエングホは《アルハング》と遭遇して得た情報を説明した。

「かれらが追跡されたその宇宙船は、いまわれわれの故郷星系の外縁部にいます。かれらは異種族で、わが種族がたいへんな恩恵をこうむっている星間航行者であることはまちがいありません。船団が非常態勢を維持することは無意味ではないでしょうか。神々はそれを敵意のしるしだと解釈するかもしれません。そうしたらどうなりますか？」

「黙るんだ！」と、アジングハウ。「結論を出すのは評議会の仕事だ。しずかにしないか！」

十二名の評議員たちが興奮して討議をはじめた。《マウクハン》の乗員の一部もくわわっている。この瞬間に黙っていたのは、船長と選ばれし者だけだった。かれらは騒音がおさまるまで待った。アジングハウが自分の棒をはなれ、ラドンズのほうへ浮遊してきた。かれは窪みの縁にしがみつき、選ばれし者をじっと見た。

「すべてが真実なら、われわれは負けたことになります」甲高い声でかれはいった。「もうもどれません。われわれの動きはすべて敵意の表現となります。回避する道はないでしょうか？」

「永遠の船はもうあらわれないだろう」ラドンズは嘆いた。「神々はわれわれに腹をたている。わたしが選ばれたことにも意味がなくなった。わたしは人生の意味を失った。もはや価値がない存在なのだから。わたしが神々の手により命を落とすとしたら、フェアではないのでは？」

それに答えられる者はいなかった。苦い沈黙がつづいたあと、アジングハウは自分の棒にもどった。

「これまでわれわれは異人の宇宙船とコンタクトすることを避けてきた。かれらがどういう挙に出るか、まずは観察したかったのだ。向こうから話しかけてくることを期待していた。この行動はあやまりだったと、いまわかった。われわれは連絡しなければなるまい。そして、われわれは服従すると伝える。すべてはとんでもないまちがいだった。わが種族に情けをかけるよう懇願するよりほかに方法はない。われわれの恩人が責任者たちを処罰してくださいますように。《アルハング》を早急に呼びよせよう。犯罪者たちを引きわたさねば！」

異を唱える勇気のあるベカッスはいなかった。意味のある応答をするには、だれもが動揺しすぎていた。

もう遅すぎるんじゃないか？　宇宙船はすでに惑星とステーションに最初の攻撃をしかけているのでは？　警報はやみ、球形ホールの内部は水を打ったようにしんとして、呼吸の音すら聞こえるほど。評議員たちは沈黙し、身ぶり手ぶりだけで協議している。

かれらのボディランゲージは平均的なベカッスよりはるかに高度なのだ。ズリエングホはその一部しか理解できなかった。評議員たちが動きをとめたとき、かれはアジングハウが自分の緊張感を解放するようなことをいってくれるのではないかと期待した。

だがそれは思いちがいだった。スポークスマンはかれを勇気づけてくれるどころか、その逆だった。「われわれは、未知の星間航行者から一種族が受けとりうる最大の贈り物をもらった」と、かれは説明した。「宇宙航行により、われわれは十五星系、半径二十五光年の宇宙セクターまで勢力を拡大することができた。われわれはよろこんで神々の掟にしたがい、なんの困難もなかった。グラドの警告は遅すぎた。このあやまちはもう撤回がきかない。われわれベカッスは、つぐないをしなければならない。わたしはこれから交渉を行なう。星間航行者たちがわれわれを見かぎることほど大きな痛手はないからだ！」

かれの言葉は居あわせた者全員に強烈な印象をあたえた。アジングハウが合図すると、かれらは自分のポジションをはなれ、外にもどっていった。そこにはすでに数百名の兵士が配置されていてかれらを出迎え、大きなホールまで同行。ここはフリリアンの司令センターだった。ふたたび待っていると、アジングハウがやってきて、最前列の棒に陣どった。

「神々と交信してみる」と、かれ。「わたしを助けてほしい。勇気を失わないように、力をあたえてくれ。ちいさな犠牲をさしだして大きな犠牲を回避し、わが民を救えるかもしれない。

全能者よ、われわれに翼をあたえたまえ！」

かれはここであえて種族の限界に言及したのである。ベカッスたちは、くりかえし自分たちを苦しませている身体上の弱さを思い出させられた。それでもアジングハウは全能者、あらゆる神存在の化身に嘆願したのだ。

かれらは、アジングハウがベカッスの民を内心とうに見放していると理解した。

4

「罠のようには見えません！」イアン・ロングウィンはレジナルド・ブルのほうを見ないようにしながらいった。ブリーはつねに罠のことを警告していて、だれもかれの意見を変えさせることができなかったのだ。ずんぐりしたこのテラナーは、《シマロン》の首席操縦士の言葉を黙って聞きながし、スクリーンを凝視している。

オルサ星系は故郷銀河の反対側、大マゼラン星雲の縁辺部にあり、ラシュタ星系からは二万二千光年の距離だ。恒星オルサはオレンジがかった赤色で、質量はソルの一・五倍。十一の惑星があり、そのうちの第五惑星がベカッスの故郷惑星カッスバンである。カッスバン暦の一年はテラ暦の三百二十日間にあたり、一日は二十七・四時間。恒星からは一億八千万キロメートルはなれていて、直径は一万三千八百八十キロメートル。重力は一Gをわずかに上まわる。探知結果によれば、惑星カッスバンの周辺軌道には金属が集積している。これは何百という宇宙ステーションと宇宙要塞があるためだ。宇宙ハンザがこの種族と最初にコンタクトした当時は、こうした施設と遷移船はなかった。

ほかの惑星を探知した結果、ベカッスはその調査を行なってはいるものの、移住はそれほど進んでいない。どうやら居住するのには適していないらしい。

「野獣は罠のなかにはいってから、はじめてかかったとわかるもの」と、ラランド・ミシュコムがコメントした。「でも、まじめな話、われわれはなにをしたいんですか？」

「きみは通信システムをよく見ておけ」小声でペリー・ローダンがいった。「ハンザ船団のコードを出すという名誉ある任務をまかせるから！」

「まさかあなたは本気で……」ブリーがシートを回転させていった。

　ローダンは皮肉まじりのほほえみを浮かべてかれを見た。

「太っちょ、そのとおり。ステーションはまだあるのではないかと思っている。ことによるとすべての疑問の答えがそこで見つかるかも」

　ブリーは口をあんぐりとあけたが、一瞬後、驚きのあまりまた口を閉じた。あわててうしろを見たかれは、そこにいたグッキーを拳骨でおどした。

「お願いだから混乱させないでくれ！」と、かれはどなった。「そうじゃないと一発お見舞いするぞ！」

「いちばんの疑問は、この種族が七百年前、つまり最初のロケット・システムを開発する百年も前に、もう遷移飛行を知っていて、自分たちの宇宙船団を持っていたってことでしょ。そこにハンザのスペシャリストたちが嚙んでいるかどうかだよね」ネズミ＝ビーバーが平然としていった。「ただ見てるだけじゃわかんないから、ハンザのシントロニクスにある情報を調べなくちゃならないよね。ララ、調子はどう？」

副操縦士のラランド・ミシュコムは、二分間ほど待った。このあいだにコードは休みなくオルサ星系のすべての岩塊に向けて発せられた。コードはとくに、ステーションと複合船のあいだの空虚空間を通って、第五惑星の地表に向けられた。

「応答なし！」ララはシートによりかかった。「みんな眠りこけているか、さよならもいわずに出ていっちゃったんでしょう！」

「可能性がないといいきれるのか？」

全員がペリー・ローダンをまじまじと見た。宇宙ハンザはもうここにないと考えるほうが論理的である。ハンザはマゼランのどこにもおらず、ハローのほかの球状星団でも見つからなかった。

見つかったのはふたつだけ。イホ・トロトのからっぽの戦闘服と死期の迫ったジェフリー・アベル・ワリンジャーだ。だから、故郷銀河の外側でいまだに無傷で稼働しているハンザのステーションを見つけられるはずがない。ハンザがまだ存在しているのかどうかもわからない。コズミック・バザールの手がかりを探したが、むだだった。かつての七強者の播種船も消えた。これは故郷銀河の諸種族を逆に推しはかる余地をのこしている。

「賭けてもいいが、ベカッスかグラドが陰で糸を引いている！」と、ブリーが神託をくだした。「あの惑星に向かって飛ぶときがきた。行くぞ、イアン、急げ！」

《シマロン》は加速し、第十一惑星の軌道をこえた。探知装置はアンテナ船一隻が星系に進入したことをしめしている。その質量はかれらが追跡した宇宙船の質量とは一致しない。かれらはベカッス語の交信を盗みぎきしていた。《シマロン》のトランスレーターはすでにこの言語に精通している。いわくありげな交信内容は、聞きとれる範囲ではアオンタンにいた宇宙船のことらしい。かれらはそのアンテナ船がどのようにカッスバンに針路をとるか観察した。《シマロン》はゆっくりと追跡。星系のすべての船団が防御態勢をとっていることを確認していたからである。多数の遷移船が、第五惑星と宇宙ステーションをかこむように球状リングを形成している。

「ララ！」ローダンがいった。「あのアンテナ船が進入したポジションを忘れないようにしておけ！」

かれらは第十惑星と第九惑星の軌道を横切った。《シマロン》は加速し、第八惑星をかすめるように通過。第七惑星と第六惑星のあいだで、恒星オルサをめぐる高い軌道にのった。

ギャラクティカーたちは待った。ベカッスと交信する可能性は大いにある。だがローダンはそれを禁じた。ベカッスに圧力をかけたくなかったのだ。そのように配慮したのは、グッキーのテレパシーによる観察結果を考えたからだ。ベカッスは無害な生命体で、かれらはグラドがなぜ熱心に自分たちの面倒をみてくれるのかすらわかっていない。

もともとローダンの理解では、この生命体は、宇宙空間を征服し、ほかの星系をおとずれるほど精神的に成熟していない。文化の発展と技術の進歩のあいだのバランスがとれていないのだ。

それとも異生物心理学者たちは、かれらがオルサ星系で観察したこまかな出来事ごとの分析をまちがえたのか？

ペリー・ローダンはサラアム・シインの容態をたずねた。オファラーは快方に向かっていた。生命の危険はもうない。かれは《シマロン》と《ハーモニー》にもどってきた直後にいっていたことをくりかえすばかりだった。ベカッスは悪い生物ではなく、自分が無断で侵入したことで命を落としかけたことはかれらの責任ではないと。ベカッスは泣きたくなるほど熱心に世話をしてくれ、かれの声を助けられなかったとわかったとき、悲しんでいた。こうした行動は好戦的で命の価値を重んじない生命体にはありえないと。

ローダンは目でブリーを探した。友は両手でほおづえをついてじっと考えている。太っちょの葛藤が直接伝わってくるようだ。すべての誤解をとけるような言葉をいえるならどんなにいいだろう。しかし、そうした言葉は思いつかず、かれはふたたび答えが降ってくるのをひたすら待っていた。

惑星カッスバンは依然として自転し、通信装置はコードを送りつづけているのに、ハンザ拠点は沈黙していた。

二時間後、《シマロン》は恒星オルサの周回軌道をはなれ、カッスバンの方向に加速。第六惑星の軌道をこえ、カッスバンまで一千万キロメートルの距離に接近した。すると遷移船団はポジションを変え、飛行方向に対して漏斗形の編成をとった。カッスバンに近づくほど先端がほそくなり、同時に密になっている。ベカッスはどんなことでもやろうと決心したのか。

この状況が四時間半つづき、《シマロン》はほぼ停止したも同然だった。

そのとき、ラランド・ミシュコムが叫び声をあげて、スクリーン・システムを注視した。アンテナ船団が動きはじめたのである。突然、宇宙船はいくつかの群れをつくり、散り散りになった。《シマロン》とくらべれば段ちがいの遅さだが、アンテナ船はそれなりに加速して、防御リングのなかに消えた。

「どういうことだ？」イアン・ロングウィンは自分のシートのひじかけをたたいた。「これは無言の招待なのだろうか？」

答えは不必要だった。通信装置が呼びかけを行ない、シントロニクスは受信装置を自動調整した。ベカッスの言葉が聞こえ、ほとんど同時に翻訳された。

「カッスバンの評議員です、星間航行者」音響フィールドが話した。「あってはならないことが起こってしまい、たいへん遺憾に思います。どうぞわが民とわが惑星を、お好きなようになさってください。責任者を引きわたしますので、そちらのお考えで罰してください。ベカッスの民は、非常に不幸な誤りに対して、あなたたちの慈悲を請うものです。神々の掟に違反したり、あなたたちに攻撃したりといった意図はまったくございません。われわれは心から恥じているのです。わたし、アジングハウは、この命をさしだす覚悟です。フリリアンまでの無線リンクを確立しました。いつものように歓迎させていただきます。すべてのゲートはあなたたちのために開かれています。どうぞわれわれを裁いてください！」

その場の者たちは言葉を失って見つめあった。イアン・ロングウィンはかぶりを振って一歩あとずさりし、発生したマイクロフィールドを指しめした。かれ自身は応答する気がないらしい。

「いったいぜんたいどういうことだ？」レジナルド・ブルが驚愕して小声でいった。

「こいつら、頭がおかしくなったのか？　そうか、わかったぞ。自分たちは虫も殺せないんだぞってふりをしているのか！」

「それは勘ちがいだ！」ローダンが前に進みでて、深く息を吸った。

「こちら《シマロン》の指揮官！」と、かれは応答。「そちらの通信を受けとった。無線リンクをたどり、フリリアンに向かう。われわれはあなたと交信をつづける、アジングハウ！」

「わたしどもはあなたがたの温情を期待できる立場ではありません」と、答えがあった。「しかしながら、できればわが民の一部でもいいのでお許しいただければと！」

ペリーはラランドに目で合図した。彼女は通信を中断した。

「だんだんわかってきたよ」グッキーが口笛を吹いた。「ぼくが想像してたベカッスのイメージとぴったりだ。ねえ、ブリー、良心の呵責《かしゃく》って感じたことある？」

ブリーは笑っていいのか、泣いていいのかわからなかった。そこで事態の深刻さを考えて、うなずくだけにとどめた。

「そりゃよかった。それならちょっとは想像できるでしょ？　もしも一種族全体が良心の呵責を感じたらどうなるか！」

「いや、ちび。そりゃないだろう！」

「あとでわかるよ。ベカッスは悲嘆にくれてるんだ。きっとぼくらのことをだれかさんと勘ちがいしてるんだよ。そのうちわかるさ。でも作戦的には、この有利な立場を手ばなさないほうがいいんじゃないかな」

「なんの話をしているんだ？」甲高い声で首席技師のヴェエ・ユィイ・リィが話にくわわった。長い首をぐらぐらさせている。

「サラアム・シインのことさ」グッキーも同じくらいのきんきら声でいった。「なんの話だと思ったのさ、カドラングのヴェエ・ユィイ・リィ?」

そのあいだにロングウィンは宇宙船の方位を無線リンクにしたがって合わせ、《シマロン》を加速させた。宇宙ステーションの周辺まで数千キロメートルの距離に迫り、ふたたびスピードをおとす。二時間後、宇宙船はコウモリ生物ベカッス似のフリリアン・ステーションに横づけし、次の指示を待った。

「ベカッスのかたちをしたステーションだわ」と、エイレーネ。「この生命体はどう分類したらいいんでしょうね?」

「分類もなにもあったもんじゃない」ブリーがいらいらしていった。「わたしはできれば《シマロン》にのこりたいぐらいだ。だがきみたちの用心棒が必要だからな!」

＊

オファラーの説明で、ベカッスがコウモリに似た種族に分類されることはわかっていたが、面と向かって会うのははじめてだ。ベカッスの輪郭は、主翼が幾重にも折りたたまれた楔形の紙飛行機のようだった。胴体の大部分がかくれているので、実際のからだの線はよくわからない。ベカッスは直立し、ひれ状の尾部でからだの背面を支えている。身長は二メートルから三メートルといったところで、かなりずんぐりしている。からだの前側に触腕のような足と腕が二本ずつ。腕は足よりすこし短く、曲がっている。腕の先端が把握肉垂で、かれらはこれでぶかっこうな武器を持っていた。

ローダンと同行者は振りかえった。かれらはベカッスが待っていたエアロックまでセランで飛翔してきたのだ。薄板でできたハッチが閉まった。せまい空間の左右には棒が設置され、空気が充満している。セランによればそれは酸素をふくんだ大気で、人間も呼吸が可能だった。

テラナーは思いきってヘルメットを押しあげた。ステーション全体が無重力状態なので、防護服の重力調整装置が作動して、地球と同じ一Gの重力が確保された。

兵士たちは武器を部屋の内壁に立てかけ、自分たちもその横に移動。かれらはバランスをたもつために棒にしがみついている。

「アジングハウとその民は服従します」と、しわがれ声が聞こえてきた。その言語の響きはきれぎれで、まるで母音がないようだった。「われわれを殺してください。どのような犠牲でも捧げます！」

ローダンは前に進みでて、両腕をひろげた。

「あなたたちの命はあなたたちにあたえられたもの。われわれはだれも殺さない」

ネズミに似た頭蓋骨と褐色のうつろな目のベカッスたちのからだが硬直した。強いショックを受けたのか、たんに驚いただけなのかは、テラナーたちにはわからなかった。

ブリーはベルトにさげたブラスターの握りをもてあそんでいる。仲間たちのようにセランの防御フィールドをたよりにするだけでは充分と思えないのだ。

数分たって、ようやく一ベカッスが動いた。

「評議員がお待ちしています。わたしについてきてください。うまくご案内できるといいのですが！」

かれはすばやく向きを変え、棒をけってはなれた。しなやかな動きでかれは無重力のなかを移動していく。フリリアン・ステーションの内部の通廊は、パイプ状になっていて、そのほとんどがちいさなホールに通じている。ステーション内には反重力装置のようなものはなく、テラナーたちはベカッスと出くわすことがなかった。かれらは引っこんでいたのだ。

不安と畏怖が伝わってくる。ローダンはそれを確信した。おそらく服従は、ベカッスがおかした誤りを謝罪するためのもっとも高次の選択肢なのだろう。かれらは本当に自分の命にかかわることを想定しているのか？

一同は球のあるステーションの中心にやってきた。ローダンはベカッス十二名を発見。かれらは無重力状態のなかで密集してぶらさがっている。触腕がたがいに縛りつけられ、頭は皮膚の下にかくれている。

「なんだ、これは？」ブリーが大声を出した。「なんの遊びだ？」

「カッスバンの民の評議会は、生《い》け贄《にえ》としてみずからをさしだします。われわれはあなたたちに対して罪をおかしました。そこでわれわれは民のかわりに死ぬ所存です！」縛られているベカッス一名が頭を動かした。「わたしはアジングハウです。すべての責任はわたしにあります！」

　ローダンの顔がひきつった。かれはこの経緯を正しく判断するには、ベカッスのメンタリティをあまりにも知らなさすぎた。だがアジングハウは滑稽でもないし、オーヴァーでもない。その逆だ。ローダンははじめて事態の深刻さを思い知った。ベカッスは審判を待っている。おそらくローダンたちを、すでに交流があっただれかととりちがえているのだろう。

　縛りつけられたベカッスたちを見て、テラナーは吐き気をおぼえた。

「かれらを解放するんだ、はやく！」と、ここまで案内してきた兵士をどなりつけた。かれはびくりとして、たくさん開口部がある球の内壁にぶつかった。このベカッスが理解するまで、ローダンは自分の要求を二回くりかえさなければならなかった。かれは鎖をほどき、それを自分のからだにかくした。評議員たちはゆっくりと動きだし、はなれて浮遊している。一名がローダンに近づいてきた。

「われわれは不安でいっぱいなんです」と、かれ。「あなたたちは生け贄を受けとらないんですか？　われわれは罪をおかしました。わが種族は罰をうける覚悟なのです！」

「アジングハウ、よく聞くんだ。わたしはペリー・ローダン、グラドの惑星をめぐる遠征隊の指揮官だ。きみたちを罰するためにきたんじゃない」

高齢で皮膚がしみだらけのアジングハウは、左右を探るように見た。さらに頭を動かしてローダンとその同行者を注意深く見ている。

「星間航行者、あらためましてみなさんを歓迎します」と、かれは告げた。「あなたたちは、わが種族が通常ははいれない評議会の球に立ち入るのにふさわしいかたがたです。わたしたちについてきてください。さまざまな平面にご案内しますので！」

テラナーたちは開口部から球の内部に導かれ、平面に足を踏みいれた。評議員たちは浮遊し、球の中心部のアーチ形の棒におちついた。

「わが民は誤りをおかしました」アジングハウはつづけた。棒につかまったかれのからだはぴくぴく痙攣している。「星間航行者の宇宙船からきた生命体が重いけがを負い、死にかけています。この国の歴史でこのような誤りはただの一度もありませんでした。われわれベカッスは平和を好み、あなたたちが定めた掟を熱心に遵守《じゅんしゅ》しています。ですから、みなさんと和解するためには、どんな犠牲も捧げる覚悟なのです」

「ブリーからペリーへ」ローダンのセランが告げた。かれは頭をあげてまわりを見た。ななめ上の平面の先端に、友の姿があった。

「なんだ？」と、ローダン。

「ぺちゃくちゃしゃべらせておいてはだめですよ。やつらは時間を稼いでいるんですよ。

はっきりしてるじゃないですか。《シマロン》に警報を出してください！」

「待て、わたしにもうすこし時間をくれ、太っちょ！」ローダンはアジングハウのほうを向いた。「われわれはきみたちに犠牲を要求するためにきたのではない」と、かれ。

「すべてはとんでもない思いちがいのせい。サラアム・シインは思うように歌えなくなった。それでベカッスはすっかり動転してしまった。謝らなければいけないのはこちらのほうだ。われわれは衛星アオンタンでシャンガントの主権を侵害し、権限がないのにきみたちの宇宙船に侵入した。その点をわびたい。きみたちを混乱させる意図はないし、きみの種族に罪があるなどということもまったくない。そのためにだれかが罰せられることはないのだ。今後も平和に暮らしてほしい！」

アジングハウは自分の棒をはなれ、ローダンのほうに跳び、平面の先端にしがみついた。ローダンの上方にいるかれは、一メートルもはなれていない。

「真実をいっているんですか？」と、かれはたずねた。「われわれの冒瀆《ぼうとく》行為に償いを要求しないと？」

「そうだ。われわれにも落ち度があったのだ！」

評議員たちは興奮してたがいに小声でしゃべっていたが、最後にスポークスマンがかれらを黙らせた。アジングハウは飛翔皮膚を五メートルほどの幅にひろげ、ローダンに無防備なからだを見せた。おそらく安堵とよろこびを意味するしぐさだ。友情すらふくまれているかもしれない。

「安心しました。われわれはグラドとのコンタクトを望んでいるわけではありません。われわれが自分たちの領域で動き、神々の掟を守っているかぎり、誤解は存在しないんです。でもグラドたちはわれわれに契約を迫っています。権力を追求する民ではないというのに。われわれはあなたたちにつかえたい。それだけなのです。あなたたちはかつて、すばらしい贈り物をくださいました。どうぞわれわれの客人になってください。ただその前に、われわれのせいで死にいたったあの生物のことでお悔やみを申しあげたい！」

「サラアム・シインは死んでいない」ローダンはすぐさまいった。「かれは大切にされ、生命の危機を脱した。いまは快方に向かっている！」

この知らせにベカッスたちはよろこんだ。

「それでは永遠の船はいつものようにあらわれるでしょうか？」アジングハウが叫んだ。

ローダンたちはだれも永遠の船のことを知らない。テラナーは言葉につまった。

「定期的にきているのだったら、これからもくるだろう」と、かれははぐらかすような答えをした。

「なんといって感謝すればいいのかわかりません、星間の神々。あなたたちはわれわれの客人です。オルサ星系のよさを存分にお楽しみください。あなたたちの古いステーションを訪問してください。われわれがなにひとつ変えていないことがわかるでしょう。神々の作品はわれわれにとって神聖そのもの！」

ローダンは状況を察し、招待をうけた。儀礼的な言葉のやりとりがあってから、かれらは球の外のホールにもどった。アジングハウ自身が、かれらが宇宙船にもどるエアロックまで同行。

「みなさんの決断にわが種族は非常によろこんでいます」かれは何度もそうつぶやいた。「神々の恩寵《おんちょう》があなたがたの上に永遠に輝かんことを！」

*

ブリーは自分の宇宙船の船尾へ行った。第三格納庫の仕切りのあるホールをおとずれたのだ。銀色の壁に近づくと、壁は発光表示であいさつしていった。「こんばんは、ミスタ・ブル。いい一日をおすごしでしたか」

「ありがとう、ハミラー！」レジナルド・ブルはできるだけあいそよくしようと決心した。「とてもすばらしい一日だったよ。ただ、われわれが到着した領域の種族をどう評価するかで問題があってね」

「ベカッスという種族のことですね、ミスタ・ブル。すでにそのことは申しあげました。そればかりか通信内容もすべて知っています。奇妙な点がいくつかあります。いうなれば、ベカッスはグラドの右腕です。グラドは大マゼラン星雲におけるおのれの勢力を確実なものにするために、かれらを利用しています。おそらくベカッスは、銀河系の現状に対して責任がある、あの秘密の存在と同じではないかと！」

「ばかげてるぞ、ハミラー！」ブリーが反論した。「わたしが知りたいのは、どうやったらベカッスの秘密の真相を突きとめられるかということだ」

「尋問をすればいいのでは、ミスタ・ブル。あの生物を何名か船内に連れてきて、適当な装置を使ってわたしのポジトロニクスに接続してください。そうすれば、オルサ星系でなにが起きているか、たちまちわかります！」

「特務グループがあの第五惑星を偵察し、住民を見てまわったほうが効率的じゃないか？」

「危険が大きすぎます。グループがみな行方不明になったら、たちまち《シマロン》が人手不足になります。それを防ぐためには、有効な方法はただひとつ」

「つまり？」

「わたしが船の指揮権をとるための条件をととのえてください。そうすればもう危険はありません！」

ブリーはちょっと目を閉じた。ハミラーの狂気がまたあらわになった。このポジトロニクスは自分が権力を握れると、本気で考えている。しかし、それは乗員のためにならない。予測がつかない狂ったシステムで飛行しようなんて、だれが考えるか？　しかもそのシステムはあらゆるシントロン機器の利点を持ち、それをおのれのために利用しようとしているのだ！

「そんなことはありえない、ハミラー。あたりまえだろ！」

「それは残念、ミスタ・ブル。あなたは味方してくれると思っていたのに！」

「わたしが恐れていることが本当に起こったら、きみの助けが必要だろうな。もしだれかが《シマロン》とその乗員を襲おうとしたら、背後を安全にかためる可能性を探るつもりだ」

「それならわたしが適任です、サー！」

ブリーは踵《きびす》をかえし、大またでハッチに向かった。「おしゃべりめ」かれはそうつぶやきながら、通廊に出ていった。

5

四十タイムユニット以上もドロフィイラはヌダルゴを探していた。ついにかれを発見したのは、ヌダルゴがほんのすこし動いたからだ。かれの皮膚がかさこそとちいさな音をたて、ドロフィイラは、全身が巨大なウジルマの木の幹に溶けこんでいるその影に気づいたのだった。

「上にかくれているのですね」ベカッスは早口でまくしたてた。「あなたを探しているのはわたしだけじゃありません。二十名ほどの同胞が、あなたを見つけようとすべての高地フローラをくまなく探してます」

「すべての、なんだって？」ちいさなこだまがもどってきた。

「山々のこちら側すべてです！」

「それはまたおかしな話だな！」

ヌダルゴはついに幹からおりてくることにした。ベカッスにとって、つるつるの幹をおりるのは非常に危険だ。よほどの木登り上手でないと不可能である。ヌダルゴはその能力の持ち主で、このめずらしい能力が誇りだった。ときどきかれは枝の分かれ目にすわって自分の種族の夢を見た。飛翔の夢である。夢のなかでは、惑星間の宇宙空間は空気が充満した低重力の媒体となり、ヌダルゴは同胞たちといっしょに恒星のあとを追って移動するのだ。

「おかしくなんかありません」と、ドロフィイラは応じた。「ついに決定が出たのです。あなたが知らないだけでね。天の星間航行者に気づきましたか？」

「ここには天はない。あるのはグリーンの天井だけ」ヌダルゴはがらがら声でいった。かれは地面の高さまでおりてよつんばいになると、弾丸のようにすばやく動いて、視界から出てようやくとまった。ドロフィイラはあわててかれを追いかけた。

「あなたはなにが起きているのか、ぜんぜん知ろうとしません！」かれはヌダルゴを非難した。「星間航行者たちがフリリアンにいて、決定がくだされたんです！」

「わたしたちに猶予されている数タイムユニットを、まだ楽しみたいんだ。生まれついた自然のなかですごしたい。だからわたしはここにかくれていた！」ヌダルゴは尾骨で立ち、森の地面をおおっている蔓や大きな葉を触腕でたたいた。「ほうっておいてくれ！」

　ドロフィイラはいったんあとずさってから、スタートを切った。ヌダルゴに突進すると、バランスの悪いかれをひっくり返したのである。

「神々はわれわれを許されました！」ドロフィイラは大音声《だいおんじょう》でわめいた。「われわれを罰することはありません。これからは死ぬ者はなく、カッスバンは破壊されない。それが、わたしがあなたに告げたいことです！」

ヌダルゴはしずかになり、その言葉の意味を考えていた。ついにかれは飛翔皮膚をひろげ、深呼吸して、勢いよく跳びあがった。その褐色の目を見ひらき、かれは腕で見えない天空を指ししめした。

「かれらは評議員を呼びよせたが、ほかの者たちは無罪放免というのか！」

「評議員もまだその地位にいます。異人たちはわれわれを罰しませんでした。あなたの聴覚管を洗ってよく聞いてください、ヌダルゴ。《アルハング》の乗員のせいで負傷した異種族は生命の危機を脱しました。かれは快方に向かっています！」

「神々に感謝する！」ヌダルゴは安堵の気持ちでいっぱいになり熱くなっていった。

「あなたを信じる。いっしょに行こう！」

「われわれはバウソンに行きます」と、ドロフィイラはそれがごくあたりまえのようにいった。

ヌダルゴは言葉につまった。

「バウ……ソンへ？」まのびしたいいかたになった。「そこでなにを？」

「われわれに宇宙航行を教え、神々の掟を課した星間航行者がカッスバンにくるのです。

かれらはステーションを訪問し、なにが起きたか知るでしょう。そして正しい結論を出すでしょう。かしこい人々ですから。それでわれわれはバウソンに行かなければなりません。かれらのものを返さないと！」

ヌダルゴは前へ倒れて、やわらかい地面に沈みこんだ。かれが口笛のような音や、きしむような音を出しているあいだ、ドロフィイラはじっとがまんした。ヌダルゴはドロフィイラの言葉を自分のなかで反芻《はんすう》していたのだ。

「いやだ！」ヌダルゴはからだを起こした。「バウソンにあるのは盗品ではない。すべて合法的に発見したもの。異人たちはそれをわれわれに要求できない！」

「要求したりはしないでしょう。でもかれらは寛大な対応をしてくれました。だからわれわれはかれらに道義的な責任があります。そうじゃないですか、ヌダルゴ？」

答えは口に出しては語られなかった。ヌダルゴは奇妙な音を発した。この音をドロフィイラは前から知っている。それはかれ自身の屈服と覚悟をあらわすもの。ドロフィイラはよろこんだ。かれはこの指導者を以前も説き伏せた経験があるからである。

「わたしが拒んだらどうなる？」ヌダルゴがたずねた。「もしもわたしがここの高地フローラにとどまり、もどらなかったら？」

この問いは答えを期待しない修辞的なものであることは明らか。ベカッスは長く孤独ではいられない。いつかかれらは仲間のもとに逃げもどるのだ。

「われわれはもう決めました。クロスポイントで集合すると。ほかの者たちが待っています」

「〝われわれ〟というのはだれのことだ？」

「当時あなたを助けた者たちです。あなたを指導者とあおぐ者すべてです、ヌダルゴ！」

ベカッスは動きだし、見えない道にそって行った。ドロフィイラがかれを探すためにきた道だ。両者は高地フローラの中心まで行き、そびえ立つヴァルカマトゥスの岩まできた。その巨岩の前側は植物が生えておらず、岩肌がつづいている。この岩肌は惑星の地表を恒星の方向に走り、高地フローラのずっと後方のステップでとぎれていた。以前の運河建設プロジェクトが、花が咲く土地を乾燥した不毛の地に変えてしまった場所である。

熱せられた岩肌を歩くのは苦痛だった。かれらは何度も高い岩壁を振りかえって見た。頂上までのぼり、飛翔して高地フローラの上を通過し、平地にふわりと着地することを夢みたものだ。

クロスポイントに到着するまでのタイムユニットをかれらは数えなかった。探しに出ている仲間が全員もどるまで、かれらは休息した。短い休憩時間のあと、一同は連絡橋から車輛に乗ってバウソンをめざした。いい風が吹いていたのでドロフィイラはしばらくしてから反動エンジンを切った。車輛は滑らかに軌道にのり、コクピットから見る海岸都市の眺望はすばらしい。投光器のオレンジ色の光が雲におおわれた空を現実よりも明るく照らし出している。前方にいくつもの暗いシルエットがそそり立つ。恒星オルサはいつも顔を見せない。例外は、惑星規模の大カタストロフィが起きて厚い雲の層が引き裂かれるときぐらいだ。ベカッスは技術時代になってからこうしたカタストロフィをまだ経験していなかったが、それをつねに恐れていた。

湿地帯を通過するころに、ようやくすこし明るくなってきた。空は明るいグレイになり、ひとつひとつの雲の層の明るさや暗さ、高度がわかるようになった。雲の位置がこの季節としてはめずらしいほど高い。星間航行者の到着と、間近に迫っている永遠の船の到着に関係があるのかもしれない。

昼ごろにかれらはバウソンについた。

町はがらんとしていた。連絡橋から見ただけでも、家々の手入れが行きとどかず、こわれている個所もあるのがわかる。ここにはだれも住んでいないのだ。住民はとうの昔にトゥルベンとナムコルというステーションに移住していた。この二ステーションは惑星軌道の外側居住リングに位置し、フリリアンの反対側にある。だから建物の補修をする者はいないし、エネルギー装置は移住後ただちに切りはなされ、倉庫都市にうつされた。バウソンは住民がいないだけでなく、居住不可なのだ。そのためにこの町はかくれ場として使われていた。

当時と同じようにヌダルゴが先導した。かれは右側の大きな谷状の道にはいり、二十以上の合流点をすぎたところで右に曲がった。カーブをふたつすぎると下り坂になり、かつての地下軌道のシャフトがほぼ埋まった状態になっていた。腐食のために天井や側壁の一部は崩壊している。瓦礫《がれき》の上を歩かざるをえないのだが、体重で瓦礫の山が崩れてしまう。あわてておりてきたかれらを外壁が受けとめてくれた。これも当時自分たちでつくったものだ。

メタル軌道の支柱の下に跳びこんだかれらは、埃《ほこり》と錆《さび》を巻きあげてしまった。体全体が錆色のうすい膜におおわれる。この薄膜はかれらの皮膚にこびりつき、かゆみを引きおこした。

七十二番めの柱のところでようやく秘密のしるしが見つかった。ヌダルゴは床をあけ、かくされたメカニズムを操作。エネルギーがないので自分たちのからだで動かす。きしみ音がして、背後の壁の一部が開いた。なかは暗闇だが、方向の確認はベカッスが得意とするところ。かれらは夜用の視覚を生かし、なかにはいっていった。

すべてが当時しまったままになっている。宝はぜんぶのこっていた。かれらは植物繊維でできた袋を開き、大きめのものをなかに入れた。多数のちいさな宝は、自分たちの皮膚のポケットに。いくつかの大きな塊りは、協力して運ぶことにした。すべてをとりだしてから、ヌダルゴはかくれ場を注意深く閉め、汚物を壁に投げつけた。すき間をかくすためだ。このかくれ場があとで使えるかどうかなど、知ったことではない。

列になってゆっくりとかれらは連絡橋までもどった。力を振りしぼって、荷物を引きずる。荷をぜんぶ積みこんでから、かれらがそのすき間に腰をおろすと、重みで車輛が明らかに沈むほどだった。車輛は向きを変え、帰路についた。目的地は海岸線のもっとも高いところにある都市だ。そこでかれらは星間航行者とおちあい、長らく宝物として保管してきたかれらの所有物を返そうとしていた。

＊

かれらは星の神々と呼ばれた。神々は掟をつくったが、《シマロン》の乗員はこの掟についてまったくなにも知らなかった。それは例の贈り物と直接関係があるらしい。だがそれについてもよくわからず、せいぜい推測できる程度だった。とりあえずベカッスがかれらを完全に信頼しているのはよろこぶべきだったが、客人が思っていた者とちがうとわかったとき、状況はたちまち変化するかもしれない。

《シマロン》の司令室内で、重要な作戦会議が開かれた。全員の意見が一致したのは、さしあたりは勘ちがいされたまま、その役を演じつづけるということ。自由にカッスバンとほかの惑星、ステーションも見てまわっていいという申し出は、かれらが必要としている行動の自由を確保してくれるものだ。

第一に、レジナルド・ブルはベカッスをしっかり見張り、グラドの植民地なるものを調べたかった。第二に、ペリー・ローダンは連絡のないカッスバンの宇宙ハンザのステーションがどうなっているのか知りたかった。

ブリーはコウモリの末裔《まつえい》たちをいまだにまったく信用していなかった。

「一皮むけば、自己目的と奸計しかないにきまってる」作戦会議が終わり、グループの割りふりをするのに先立って、かれはぼやいた。「ベカッスの利己主義がわからないのか？　かれらはわれわれを星間航行者だかその末裔だかと思っているから、友好的なのさ。われわれにたよらざるをえないからね。かれらのあいだでそんな噂があるんだろう。だがそうじゃないとわかったら、われわれはお払い箱だぞ。かれらは異人には友好的ではないんだよ、わかるだろう」

みなそれを知っていた。それどころかブリーよりもっとよく知っている者も多かった。

だれかがうしろから肩をたたいた。グッキーだ。ネズミ＝ビーバーはつま先で立ち、ブリーの背中にとどくように背のびしていた。

「ほかの惑星からきたぼくの友」と、かれは同情するようにいった。「忘れてるんじゃないの。宇宙ハンザのことさ。あんたはハンザをよく知ってるから、大カタストロフィのあとの苦しい時代に、ハンザが中立義務を無視して、ベカッスを銀河戦争から遠ざけたかもしれないってことはわかるでしょ。遷移飛行の原理とか、そのほかの新技術はハンザのスペシャリストから教えてもらったもので、かれらが基地から引きあげる前に、それをのこしていったのはどうして？」

　グッキーは一歩横に動いた。ブリーは口をあんぐりあけてかれを見た。ネズミ＝ビーバーは、太っちょが反論する意欲を失っているのを愉快そうにながめている。かれはブリーが口を閉じるのを待って、拍手を送った。

「時間がかかったけど、やっとわかったね」と、イルト。

《シマロン》の指揮官としての威厳を忘れていないレジナルド・ブルは、真っ赤になった。グッキーをつかまえようと両手をのばしたが、ネズミ＝ビーバーはちょっとテレポーテーションして安全な場所にうつった。

「みんな、見た？」きんきら声でかれはいった。「こいつは真実を受けいれないんだよ。苦労していっしょに考えてやったってのに。恩知らずなうえに、個人攻撃をしかけてくるんだよ？　こんな人間と同じ宇宙船にいられる？　ぼくは失敬するよ。コウモリたちはここにたくさんステーションを持っているから、もしあんたたちさえよかったら、ちょっとそこを見てくるよ！」

　かれはそのまま姿を消し、一同はおもしろがってそれを見送った。グッキーの〝ライブ〟が終わった。それで気を悪くする者はいない。かれはいつもそうだし、みんなはずっと前からかれを知っているから、さして心配もしない。ブリーですら、なにやらぶつぶつつぶやいたあとは、またおちついた。

いまある搭載艇の数に見あった偵察隊が編制された。《シマロン》にはメタグラブ・エンジンの超光速スペース＝ジェット二機と、とくに惑星着陸時にフェリーとして使われる小型亜光速ボート五艇があった。そこで七グループがエアロックから出ていった。重要メンバーがすべてカッスバン遠征に参加したことに、だれも驚かなかった。宇宙船内にはラランド・ミシュコムの指揮のもと、まだ多くのクルーがいた。

「発情期のシカのお出まし」ラランドがまた怪しげなことをいったので、多くの視線が彼女に注《そそ》がれた。彼女ははっとして声をあげて笑い、ちょうど反重力シャフトに向かっているイアン・ロングウィンを指ししめした。

「かれのことよ」と、大声で弁明。「かれがベカッスを次々に誘惑しないように注意して！」

「こちらグッキー」音響フィールドから声がした。「そんなはずないじゃないか。かれが男にも女にも両性に引きつけられるんだったら、話はべつだけど」

かれらはこの発言がどういう意味なのか考えこんだ。だがグッキーはそれ以上連絡してこなかった。シントロニクス結合体は、ネズミ＝ビーバーが宇宙船から出たと告げた。

各グループが出かけていく。かれらは搭載艇に乗り、エアロックから出ていった。スペース＝ジェット1だけが格納庫にのこっている。ペリー・ローダンを待っているのだ。かれは格納庫にきたのだが、それからまわれ右をして出ていってしまった。行き先をいわなかったが、いそいで隣りに行かないと、とつぶやいていた。

仲間たちは、それがなにを意味するのか漠然と感じた。隣りにはハミラー・チューブが置かれている。ローダンは《バジス》のポジトロニクスからなにを引きだそうとしているのか？

それをはやく知りたいもの。だがかれらはがっかりさせられた。ローダンがもどってくるまで何時間もかかったからである。

＊

下方の濃霧がいやな感じだ。高度百キロメートルからはじまった濃霧は、スペース＝ジェットの最初の測定によれば、惑星全体をすっぽりおおっている。レジナルド・ブルはがんばってみたものの、一個所のすき間も見つからなかった。カッスバンは貫通不能の厚い雲にすっぽりつつまれ、テラナーはこの下になにがあるのか空想力をはたらかすしかなかった。時間は充分にある。雲の層は高度四十キロメートルでようやく切れ、どぎつい光に縁どられた数キロメートルの厚さの雲の層が通りすぎていく。

スペース＝ジェット2を操縦していたイアン・ロングウィンは、歯のあいだから音を出した。

「見たか？」と、かれはうなった。「おい、ヴェエ・ユィイ・リィ、よく注意しないと、大変なことになるぞ。この雲の電力はどのくらいだろうか？」

「ほぼゼロです！」

円盤艇の三名の乗員は振りかえり、〝男爵〟をじっと見た。かれはフォン・ディッテルブルン男爵と呼ばれていて、《シマロン》の工房で建造された。テラナーのプロポーションに合わせて設計されている。からだは完全にバイオモルプラストの皮膚でおおわれ、顔の表情が抜群にいいので、事情を知らない者は、船内世代のロボットだとはとても思わないだろう。船内世代とは、《シマロン》の乗員たちが局部銀河群に遅れてもどってきてからすごした時間のことだ。故郷銀河からの補給はストップし、かれらは船内の備蓄とおのれの機知にたよらなければならなかった。フォン・ディッテルブルン男爵は、たくさんの交換部品をよせあつめてつくられていたため、あちこちがちぐはぐだった。こうしてできたのが可動式の自動分析装置で、あらゆる特殊器具を詰めこまれ、部分的にはシガの製造品も混じっていた。男爵は痩《や》せていて、顔は大きく頬骨が出ている。とくに印象的なのが大きな褐色の目ともじゃもじゃの髪と髭《ひげ》だ。髭がロボットのかたい印象を打ち消し、超小型のモーター類がプログラムの命令にもとづいてあらゆる表情のレパートリーを使いわける。こうして男爵はにやりと笑い、まじめな目になり、ちょっと夢みる表情になり、泣きべそをかき、笑いだしそうになる。

「だれがこんな不細工なロボットを連れてきたんだ？」ブリーがうなった。ロボットは好意と嫌悪が入りまじった顔でかれを見た。感情を害したようでもあるし、よろこんでいるふうでもある。

ヴェエ・ユィイ・リィが発言した。それはかれのアイディアで、機械の設計にも協力したというのである。超小型化した探知システムは、この主任技師が直接管理している倉庫にあったもの。

「ディッティのいうとおりだ」と、操縦席のイアンがいった。「わたしもいま測定できた。これは一種の先端放電現象だ。さしたる脅威ではない！」

かれはジェットをさらに降下させ、威嚇的に光る雲の層に向かっていった。さっきまで円盤艇が格闘していた乱気流はきれいに消えている。大気圏はしずかになり、ジェットは雲のなかへ。ごくちいさな炎のようなきらめきが円盤艇の縁にそって踊っている。その現象は三十秒ほどつづき、そして消えた。スペース＝ジェットは雲を突きやぶり、惑星上空に出た。

地表のようすは裸眼ではよくわからなかった。薄暗がりだったからである。スペース＝ジェットとロボットはそれぞれ探知を行ない、カッスバンは温室のような気候だという結論に達した。恒星はまったく姿を見せないが、大気圏は充分な熱をたくわえているので、ベカッスは生存が可能だ。炭素循環は、この惑星のなりたちにおいては地球や金星とはべつの道をとったらしい。

「どこに着陸しましょうか」イアン・ロングウィンが訊いた。

ブリーは光増幅装置が照らしだす地表をよく見た。カッスバンは五分の三が水域で、ふたつの大きな大陸が正反対の方向にある。降下して接近すると、大陸の外縁部は鬱蒼とした植物相になっているのがわかった。

「高度を維持しろ」ずんぐりした体格のテラナーが決定した。「一度、陸地をくわしく見たいから！」

かれらは大陸上を飛行した。海岸には不規則にベカッスの集落がならんでいた。のこりの大陸は多彩なグリーンでおおわれ、その下に生命体がかくれているのかどうかよくわからない。

イアン・ロングウィンはスペース＝ジェットを高度十キロメートルまで降下させた。この高さからだと、地形の輪郭をすこし確認できる。大陸のまんなかに連山があり、高いところは標高三千メートル。頂上は植物がまったく生えておらず、ステーションもない。

かれらはまたハンザ・コードを発信してみた。だがやはり不成功に終わる。だれからも応答はなく、自動装置の反応もない。

不確実なことだらけで疑いぶかくなったブリーは、ごまかされまいと身がまえた。ベカッスに対する疑惑は多少おさまったが、グラドがこっそり待ちぶせしているのではないかというおぼろげな予感は強まる一方だ。かれはそういう考えで行動していることを黙っていた。

「海岸の都市に着陸する！」かれは決心した。

かれらは海岸にもどった。円盤艇はある集落に接近し、アンテナ船二隻が駐まっている宇宙港を発見した。ロングウィンはそこに針路をとった。

管制塔から通信がはいった。ベカッスの声はうわずっている。異人が宇宙港に着陸しようとしていると知ると、かれらはただちに着陸床を空《から》にして明けわたそうとした。ブリーはそれを断った。

「われわれの宇宙船は小型で、二隻のあいだのスペースで充分だ。それに着陸床は満杯ではないし」かれは最後にこういった。「われわれの希望を聞きいれてほしい！」

だが下界では動きがはげしくなった。複数の車輛が猛スピードで動きまわり、優美な曲線をえがいて着陸床に向かった円盤艇の乗員たちは、無蓋の鉄道車輛のようなものを発見した。この車輛は宇宙港に敷きつめられたエアクッション上を移動し、アンテナ船を迂回し、ジェットが着陸する方向に動いている。

「ちがう場所に着陸しろ！」すかさずブリーがいった。「かれらの計画をだいなしにしてやるんだ！」

「すみません、それはまずいです」フォン・ディッテルブルン男爵が介入した。「われわれ、かれらを侮辱することになります！」

レジナルド・ブルは、不機嫌そうにため息をついた。イアン・ロングヴィンが自分ではなくロボットにしたがったからである。《シマロン》の首席操縦士はピンポイント・ランディングに成功。エアクッション車輛の隣りにジェットをぴたりと駐めた。

「信頼には信頼を！」カドラングのブルー族ヴェエ・ユィイ・リィがぴいぴい声でいい、かれらは船底エアロックに向かった。

ベカッスの代表団が待っていた。円盤艇の横で左右二列になってずらりとならんだかれらは、四肢で立ち、頭を下げている。

「大宇宙の神々を歓迎します。おいでになって、わが民の発展のようすをごらんください。贈り物を有意義に役立てているかどうかお調べください。もしもご満足いただけないようでしたら、よろこんで罰をうける所存です！」

またしても、レジナルド・ブルを怒らせる、卑下と自己破壊欲求のにおいがぷんぷんする饒舌《じょうぜつ》である。だれもかれらを処罰しないことを、コウモリの末裔はなぜ理解しないのか。

だが同時にかれは、とんでもない思いちがいをしていることをかれらに気づかせてはまずいと考えた。それがばれたら、想像したくもない事態におちいる。この場は笑顔で受けながすのがいいだろう。

「あなたたちの発展ぶりを見させていただこう」かれはトランスレーターを使って告げた。「われわれがこれまで見聞きしたものには、強い印象をうけた。ベカッスの民はわれわれの気にいるだろう！」

二列にならんだかれらは、突然上体をまっすぐに起こした。ベカッスの目は相《あ》いかわらず無表情だったが、皮膚は興奮のためにばたばた動きはじめている。一名が前に歩みでた。

「あなたたちを出迎え、あなたたちへの贈り物をお見せするためにきました。わが民の特性はご存じのはず。みなさまを満足させるためなら、なんでもいたします。連絡橋までついてきてください、敬愛する星間航行者！」

かれらはぴょんぴょんと動きだし、ギャラクティカーたちは徒歩で可能なかぎりの速度でそれについていった。ベカッスはプラットフォームのある斜路にかれらを案内。その横には閉じた軌道車輛が待っていた。モノレールだ。ブリーはベカッスのせきたてるようなジェスチャーにしたがい、最初に乗車した。人類とブルー族はそのシートにすわるのに苦労した。巨大なシートなのだが、まんなかに深いへこみがある。テラナーは、つるつるした両わきのクッションにつかまることができず、ちょっと動いただけですべって、その深みにはまりこむはめになる。ブリーとイアンはそのままの状態でがまんしたが、出るときはかなり大変だった。ロボットは立ったままで、カドラングのヴェエ・ユィイ・リィはクッションの上にななめに寝て、細長い首だけをまっすぐに立てている。

扉が閉まり、車輛は独特の音をたてて前進。この騒音は眠気を誘ったが、ベカッスには影響をおよぼさないらしい。宇宙港をあとにして、グレイや黒の町のシルエットが右側をたちまちすぎていく。海が見え、軌道の反対側では森の木々が空に向かって伸びている。木は五十メートル以上あり、巨大なシダや、無数の幹がのびて根茎が露出している太古の植物も見える。根茎は露出部分だけでも十メートルの高さで、直径は二十メートルほどだ。

これまでスポークスマンをつとめ、とがった鼻に黄色の斑《まだら》がひとつあるのが特徴的なベカッスが近よってきた。

「シートが快適でなかったり、問題があったりするようでしたら、いってください」と、かれ。「改善するためになんでもしますから。われわれはみなさんを尊敬し、カッスバンで気持ちよくおすごしいただくためなら、なんでもします。みなさんが前においでくださってからずいぶんたちましたね。それからは、永遠の船を送りこんできて、選ばれし者たちを連れていかれるだけですが！」

またあの言葉だ。〝永遠の船〟とは、いったいなにを意味しているのか。おそらくなんらかの目的のために選ばれたベカッスを引きとるためにくる宇宙船のことだろう。

ブリーは質問をひかえた。目標を達成するためには、かしこく立ちまわらなければ。ベカッスが自分から話しだすようにしむけなければならない。

「もうずいぶん前になる。でもわれわれはここにいると家に帰ったような気分だ！」

「それはすばらしいです。崇高なる支配者！」ベカッスが口笛のような声でいった。「小生はシャウドルバートと申します。なにかご用があれば、この名前をいってください。わたしはつねにその場におりますので」

「よかろう、シャウドルバート。そうさせてもらおう。ところで原始林にあるあの暗い開口部はなんだ？」

ブリーは通りすぎた暗い壁を指さした。

「あれはジュビラスに通じる道です、崇高なる支配者。ここで子供を産むのです。ジュビラスは出産の時期を迎えたベカッスのみがはいることができ、高地フローラの縁にはどこにでもあります。前方をごらんください。あれがわれわれの客人への贈り物です！」

ブリーとイアンは目をこらしたが、ほとんどなにも識別できなかった。見えたのは、軌道車輛の前に立ちはだかる暗い色の壁のみ。壁は高くなればなるほど、明るい色になる。この惑星の地表の暗闇に、だんだんに目が慣れてきた。故郷惑星の夜明け直前の薄暗がりと同じくらいだ。だが人間の目にはかなり負担がかかる。ブリーはセランを閉めて、ヘルメットの内側に光増幅プロジェクションをうつしだそうか迷ったほど。モノレールの速度が遅くなり、町の連絡橋が近づいてきた。高地フローラの植物が町のはずれまで生いしげって、道路をびっしりおおっている。やがて自然がゆっくりとこの地域を侵略してしまうのではあるまいか。

「ここがあなたたちの町です」シャウドルバートが甲高い声で説明した。「この町を贈呈します。かつてもっとも美しかったこの町に、きっとご満足いただけるのではないでしょうか?」

「まだわからないな」イアン・ロングウィンがブリーに目くばせした。「われわれを案内してくれないか」

ベカッスたちは車輛から飛びおり、客人のために出口をあけた。シャウドルバートだけが星間航行者のそばにいる。

「この町で」と、かれ。「最初の選定会が行なわれたんです。あなたたちが定めた掟にかなう、最初のベカッスが選ばれました。こうしたかたちで、あなたたちはわが種族に誇りをあたえてくださいました。われわれの感謝はとても表現できないほど。こうしてこんにちまでつづいている選ばれし者の選考ですが、その判定基準はさまざまです。どの町もどのステーションも独自の基準を持っています。当初からつづいているのは、応募者の適性を確認するための基本試験です」

かれらは町に足を踏みいれた。一部の建物はこわれたまま放置されている。中心部はすこしましで、完全に倒壊している建物はなかった。下のボート港はひどかった。風と波が塀を浸食してしまっている。倒壊した居住ブロック。屋根と支柱しかのこっていない廃墟。道路は陥没し、水たまりは悪臭を放っている。

「どれもわれわれが補修しますので」あわててベカッスがいった。「快適にご滞在いただけるように、配慮させていただきます！」

ブリーの顔色が赤くなってきた。卑屈なお追従《ついしょう》を聞いていらいらしてきたのである。これがもっとつづいたら、かれは自制心を失っていたことだろう。

一同は町の中心部にもどり、シャウドルバートは楕円形の建物にかれらを連れていった。ホールにはいり、ベカッスは皿状にえぐれた床の窪みに腰をおろした。星間航行者のためにクッションが用意されている。

ギャラクティカーもすわると、ベカッスは半円状になってかれらをとりかこんだ。

「はじめてもいいでしょうか？」全員がすわると、シャウドルバートがたずねた。

ブリーとイアンは顔を見あわせた。なんのことなのかわからなかったが、反対する理由もない。

「どうぞ」ずんぐりしたテラナーはいった。「なにがはじまるのですかな？」

「星間航行者に敬意を表する叙唱、レチタティーヴォです！」

＊

「見知らぬ星々とその国々、恒星のあいだを吹きぬける見知らぬ風。でもその風はたしかにあった。ある日、その風が星間航行者を恒星オルサまで運んでくれたのだから。神々よ、知ってほしい。かれらははじめベカッスに〝風の旅人〟とも呼ばれていたことを。星々の風がかれらを駆りたて、その翼にのせて、この惑星まで連れてきてくれたからだ。かれらは無限の風とともにやってきて、わが民に永遠の幸福をもたらした。

　かれらはわが惑星を見てまわり、近くの惑星へも行ったもの。当時のわれわれにとって、近傍の惑星は、あまねく存在する永遠の神々の似姿だった。しかし、かれらは、近傍の惑星はわれわれに適していないと教えてくれた。どれほどたくさん話し合ったことか。突如としてかれらが去り、無限のなかに消えたとき、われわれは悲しみでいっぱいになった。まさかそれがかれらが課したテストだったとは。かれらの判定はどうだったのか？　われわれはかれらに目をかけられるのにふさわしい存在か？　神々の恩寵とはどんなものなのか？

　かれらはもどってきた。ベカッスは歓喜し、幸福の島への旅を計画した。そこで南大陸と北大陸の住民たちの出会いがあった。盛大な祝宴が開かれ、神々は民にすばらしい贈り物をすると告げた。

いってくれ。ほかの種族はこれほどの幸福に浴することがあっただろうか？　神々から贈り物を賜《たまわ》るなんて。あのとき神々は長くこの地にとどまり、重要なことをすべて教え、宇宙船に案内して飛行の原理を伝授してくれたもの。ちいさな贈り物もたくさんあった。ベカッスはエアクッションの上を走る軌道鉄道と車輌の建造も習得。通信機とはなにかを知り、神々の指導のもと、この星系のほかの惑星を調査するために必要なものを開発した。

伝説の恒星の風は本当に存在する。宇宙船を動かすほどではないけれど。

知ってほしい。いまカッスバンの民は、見えない神々への信仰を捨て、神々を実際に存在するものとして理解していることを。それは大宇宙の深淵からきた存在、ベカッスのような生命体だ。本来の神、すなわち自然の諸力は、カッスバンにくる必要がない。それらはわが民が存在するより前から、ここにいるのだから。

神々の日々についてはあまり知られていない。歴史的な伝承はほとんどない。神々がどのような姿なのか、われわれにたずねてほしい。神々はあなたたちと同じような姿だ。噂や推測は長つづきしないもの。神々はわれわれのもとを去り、ふたたび星間航行者となり、われわれに掟をのこして、永遠の船を送りこんでくれた。

このときからその船は定期的にわれわれのもとにくる。だがわが民は宇宙航行という贈り物を使うことを知った。わが民は入植し、ぜんぶで十五の星系を調査した。グラドと邂逅《かいこう》し、コンタクトするようになったのは、ずっとあとのこと。

星々はもはや見知らぬ存在ではなくなり、国々も同じ。われわれは風と恒星を知っている。われわれは星間航行者の存在を知り、幸福を感じている。かれらがわれわれのもとにもどり、レチタティーヴォを披露するという切なる希望がかなえられたからだ」

6

「見たところ、みなさんは同じ種族の出身ではなさそうですね。でもその昔、星々の神々が贈り物をするためにわれわれのもとにきたときも、こんな感じだったんでしょうね！」

ロランビは三名の前で深々とおじぎをして飛翔皮膚をひろげ、あまりに甲高い声を出したものだから、トランスレーターが翻訳できなくなってしまった。

エイレーネはベカッスに歩みより、用心しながら手をさしだし、二対ある触腕のうちの上の一本に触れた。ロランビはなすがままにされている。かれはその腕を神の手の上にのせた。

「触れていただき、たいへんに幸せです」と、かれは打ちあけた。「あなたがなにをいっても、わたしはその言葉を永遠に擁護します」

「わたしはエイレーネ」と、彼女。「岩壁の案内を引きうけてくださってありがとう」

「これが〝グアマロング〟です」と、ベカッスが説明した。「ここは一種の博物館です。

こうしたクアマロングに、かつては何千名もの同胞が暮らしていました。みなさんがまだカッスバンにくる前の時代です。洞窟のなかでたくさんのものを発見なさるでしょうが、保護するようにお願いします。ここまでいらしてくださって、われわれは幸せです」

　コヴァル・インガードは黙っていた。エイレーネに口をつつしむようにいわれていたのだ。コヴァルは事情をよく知らない。ことによると不適切なコメントをしてしまうかもしれないからだ。そこで惑星ブガクリスの蛮人はすこし距離をたもち、アッタヴェンノクのベオドゥを先に行かせた。ベオドゥはぴょんぴょん跳びながら、あるときは岩壁の入口のほうに、またあるときは海のほうに行っておちつきがない。波が岩壁の縁に押しよせ、ちいさな岩礁にあたっては砕けている。

　エイレーネはベカッスの手をはなしてから、握手というジェスチャーの意味を説明した。ロランビは頭を皮膚の下に突っこんで、いった。「恥ずかしいです。それほどの幸福にわたしがふさわしいのかどうか。神がわたしのもとにきて、その手をさしだしてくださった。わが神エイレーネ、そんなことはめったに起こらないでしょう。ベカッスは、死をこえて結ばれていると思う者にしか触腕をさしだしません。古代、戦争がはじまる前にそのような場面がありました。平和の時代には、このジェスチャーは高地フローラの哲学者の学校でよく見られました。それによって強い精神的な結びつきが証明されますからね。それとジュビラスでは、生まれたばかりの生命体の四肢をマッサージするんですよ。わたしはいまからそれが楽しみです！」

ロランビは向きを変え、入口のほうに動きだした。ベカッスは岩だらけの道を跳ねて移動する。跳ねた拍子に岩屑がずり落ち、かれは何回もはげしく尻もちをついた。道が終わるところでかれは立ち、神々が威厳に満ちたようすで近づいてくるのを待っている。

エイレーネはベカッスが頭をかしげ、彼女を右目でじっと見ているのに気づいた。

もしかすると、かれはわたしたちの歩き方をうらやましがっているのかもしれない。

彼女はうしろからくる同行者たちを振りかえった。コヴァルは彼女のあとにぴったりついてきている。ベオドゥは立ちどまり、跳躍関節がゆらゆら揺れている。アッタヴェンノクは頭の翼をかなり前方に傾斜させていた。

「ロランビになにかあったのか？」かれの長い鼻から鈴のような音が響いてきた。半生体性トランスレーター＝シンセサイザーは、心配な気持ちも表現できる。

エイレーネはベカッスを見た。ロランビが急に飛翔皮膚をひろげ、身をよじっている。皮膚が岩がちな地面に強くあたり、むちのような音がした。口からはきいきいという音を発している。エイレーネはかれのもとに急ぎ、かがみこんだ。

「なにかわたしで力になれる？」と、彼女は訊いた。「もしそうなら、どうしたらいいか教えてちょうだい！」

「車に連れていってください。すぐにジュビラスに行かなければ！」

エイレーネは考えをめぐらせた。

「さっき、いまから楽しみだといってたけど、赤ちゃんが産まれるの？　ちいさなベカッスが？」

ロランビは不明瞭な声を出し、皮膚を引きよせてくるまった。

「どういうことなんだ？」コヴァル・インガードがぶつぶついった。「車を持ってこようか？」

「ええ、そうして」と、大きな声でエイレーネがいった。「運転できるの？」

コヴァルはなにかいいながらも、あわてて駆けていった。

エイレーネはふたたびロランビの上にかがみこんだ。

「あなたは自分が女性だって、いわなかったけれど」

彼女はだれかにつつかれた。ベオドゥが隣りにきて、両腕をひろげている。かれはベカッスの四肢を用心深くマッサージした。

「きみは勘ちがいしてるよ」かれは口笛を吹いた。「ロランビは女性じゃない。グッキーが《シマロン》を出る前にいったことをおぼえているだろ」

エイレーネはびっくりして身をすくめた。

「つまり、その……」と、彼女は言葉をのんだ。「なんて、すてきなんでしょう。イホ

・トロトがそのことを知っていたら……」
ふたりはインガードが車でもどるまで、ロランビのそばにいた。ブガクリスの男は《シマロン》の船内で技術的な知識を身につけ、おかげで異種族の車を乗りこなせるようになっていたのである。

かれらは協力してロランビを車に乗せ、自分たちが出発した町にもどった。コヴァルは近くにいたベカッスを呼びとめ、事情を説明。ベカッスは三名の客人を道路にのこし、そのまま車を引きうけてくれた。かれらは車がものすごいスピードで走り去るのを見送った。

近くにいたベカッスがぴょんぴょん跳ねながらよってきて、立ちどまった。とても若いベカッスだ。

「もしもよければご案内しましょうか」と、かれがいった。「ぼくの名前はエヘエンザです！」

＊

球形の頭をしたこの華奢《きやしや》な男は、若いころに東洋の護身術と呼ばれていたものを熱心にやっていたので、いまでも襲撃されたらどんな相手でもたたきのめすことができる。

かれは〝気〟を身にまとっている。この不可解な力は、かれの見解ではからだと精神をひとつにし、あらゆる存在の本質であり、横隔膜の近くのどこかがポイントらしい。

〝気〟を使った実験で、かれは最初の超現実体験をした。鍛錬を積むうちに、かれは自分だけでなくほかの存在も超現実に移動させる能力を身につけた。かれの技法は歳月をへて科学になった。超現実は、ストレンジネス量子跳躍によって通常の現実からはなれた場所に存在するものだ。かれは現実傾斜を測定できる装置を開発している。さらに、通常の現実を短期的に超現実に変えられる機械も手に入れた。

〝気〟と機械の力の両方をあわせて使うことで、かれは正真正銘の超現実のスペシャリストになった。かれはこの能力を持つ比類なきテラナーだといえよう。

だがいまは、その知識と能力がいかしきれていないように思われる。

アンブッシュ・サトーは、またハミラー・チューブの銀色の壁の前に立っていた。刺繍や唐草模様のないシンプルな黒のキモノを着ている。超現実学者は目を閉じた。上体がコマのような動きで揺れ、かれは三時間以上も前から近くにいる男に気づかなかった。

その男ペリー・ローダンは、椅子を持ってこさせた。

二十時間ぐらい前から、ハミラーはなにもいわなくなった。なぜそうなったのか、だれにもわからない。突発的な事件が起こったわけではないし、ブリーがきて話した内容は、知れわたっている。だがブリーと話してから、ハミラー・チューブは黙ったままだ。

船内時間で午後になってしばらくたったあたりで、ローダンはがまんできなくなった。

銀色の箱にかかずらわっているよりも重要な用事はいくらでもある。かれは立ちあがり、椅子をたたんだ。

「あてがはずれた」と、かれはいった。その声を聞いてアンブッシュ・サトーは目をあけ、振りかえった。かれは不死者をとがめるような目で見た。

「忍耐はわたしの強みでして」と、小声でいった。「カッスバンに行かないので、時間はたくさんある。わたしは待ちます！」

「そんなことをしてもしかたない」ローダンは肩をすくめた。「こいつはもう役にたたない。フェニックス＝１にもどったら《カシオペア》に連絡をとり、ハロルド・ナイマンに《バジス》の船長になる機会はもうないだろうと伝える。ハミラー・チューブがますますおろかになるんだったら、《バジス》をまた組み立てるチャンスはほぼないといっていい！」

ローダンは放心状態でホールの背景を見ていた。なぜいまになって思いついたのかと自問していたのだ。たくさんのことが頭のなかでぐるぐるまわっている。かれは秒数をカウントした。八。壁に光が点灯し、ハミラーはもう完全に殻に閉じこもっているわけではないという表示が出るまで、八秒だった。

「それはまちがっています、サー！」と、ポジトロニクスが告げた。「わたしは元気です。いつでも《バジス》をまた組み立てられる状態です。わたしが宇宙船を当時ばらばらにしたことは、どうしても避けられない措置だったんです」

「なぜだ、ハミラー?」

「サー、すべての乗員に脅威が迫っていたからです。故郷銀河の外にいるすべてのテラナーがこの脅威にさらされていたといってもいい。詳細情報は残念ながらありませんが」

ふたりの男は顔を見あわせた。サトーの目が光った。かれは壁に近づいた。

「ペイン!」かれはささやいた。「ペイン・ハミラー、よく聞いてください。詳細はさほど重要ではありません。あなたはカタストロフィ後の時代についてなにか知っている。それはずっと前からわかっていました。あなたにとってはそうでもなかったかもしれませんがね。時間がたつにつれて、こまかい点を徐々に思い出したのではありませんか? 概要図の在庫プランには日付がついていたではありませんか、〝AD三五八六〟と! わたしがいっている意味がわかりますか?」

「もちろんですとも、ミスタ・アンブッシュ・サトー。でもわたしは、あなたが罠をはる《アンブッシュ》のを用心していたことをお忘れなく!」

「それはわたしの意図ではありませんよ、ペイン。わたしは過去のシュプールを調べたいだけです。昔あなたが知っていた時代までね」

「情報はありません、サー。医療統計が仕事をはじめる前の時代になにが起こったか、わたしは知りません」

「われわれがこの数週間、数カ月に話したことは、すでに記憶装置にはいっているんじゃありませんか？」

「たしかに」

「それならレジナルド・ブルの件と、アフィリーの時代にかれの細胞活性装置がこわれた話について、自分で話したことをおぼえているはず。これは《バジス》の建造前、あなた自身の建造よりかなり前の時代の情報です。この情報をどこで知ったのですか？」

「知りません、ミスタ・サトー。それにそのことに固執《こしゅう》するのは無意味だと思います。ミスタ・ローダンはなにか知りたいのではありませんか。そうでしょう？」

「きみのいうとおりだ、ペイン」と、ローダン。「きみはわれわれがベカッスの故郷星系にいることを知っている。内外の通信からデータと座標もとりだしたのだろう」

「もちろんです、サー。わたしにとっては朝飯前です！」

「そこで質問だ。カッスバンの宇宙ハンザの拠点について、なにを知っている？　ハンザとベカッスのあいだでどのような個別のコンタクトがあったのか？　それとこの拠点は、正確には第五惑星のどこにあるのか？」

　チューブが答えるまでに数秒かかった。

「その質問には残念ながら答えられません、ミスタ・ローダン。理由はいろいろ。第一に、《バジス》は収拾がつかないほど混乱した状態にあります。つまり、分散してしまっているということです。そして第二に、わたしと船長のあいだのコンタクトがありません。ハロルド・ナイマンが役にたつかもしれませんが。第三に、宇宙ハンザの拠点と、そこで勤務しているハンザのスペシャリストに関する情報がわかりません。わたしは、この拠点がどこにあるのかすら知らないんです。あなたが《バジス》を組み立て、わたしに指揮権をわたしてくださるなら、こうした情報を入手できるかもしれません！」

「ありがとう、ハミラー。とても参考になったよ」

「とんでもありません、サー。また次の機会まで！」

ローダンは荒々しく腕をつかまれ、引っぱられた。アンブッシュ・サトーがかれを近くのキャビンへ連れだしたのである。パラトロン・システムが装備されていて、盗聴の心配がないキャビンだ。それでもささやき声で超現実学者はいった。

「あなたが考えている以上に参考になる話でしたよ、ペリー」と、かれ。「ハミラーはとんだくわせものです。これまでわれわれは、ハミラーは生体コンポーネントにありがちな記憶喪失なのではと考えていました。でもぜんぜんちがうかもしれません。もしもハミラーが記憶装置の知識を小分けにして、すべてのフラグメントに分配したのなら、われわれのこれまでのやり方はまちがっていたことになります。それだったら《バジス》を大至急組み立てるべきでした。もっともそれは、主セグメントだけは守るべし、というポジトロニクスの反応と矛盾します。知識の一部はすでに破棄されてしまったのかもしれません」

ローダンはじっと考えこんでいる。唇をきゅっと結び、眉間《みけん》には深いしわ。しばらくして、かれの表情がゆるんだ。

「わたしはそうは思わない」と、かれはいった。「すべてを想定しないと。ハミラーがわれわれをからかっている可能性までもな。かれを甘やかしすぎていないか、サトー？」

「どこがですか、ペリー？」

「どこがって、かれをかまいすぎているだろう？　しばらくほうっておけ。そうしたら協力的になるかもしれん！」かれはクロノグラフをちょっと見た。「だが、もう行かないと。カッスバンが待っている。じゃあ！」

＊

そのステーションはタランという名だった。グッキーは何回かテレポーテーションして、この球形の構造物を端から端まで調べた。その前に、目標の周辺にはまったくメンタル・インパルスがないことは確認ずみ。ベカッスの姿はまったくない。ステーションの大きさから、だいたいの住民数を割りだした。あとになって、かれの見積もりはかなりいい線をいっていたことがわかった。ただしタランには、グッキーが推測した数の二倍のベカッスがいたのだ。

　ネズミ＝ビーバーは、袖と袖がふれあうほど近くに行こうと決心。もっとも〝袖〟という比喩は適当ではない。ベカッスは服を着ていないからだ。コウモリに似たこの種族は裸で暮らしている。かれらは皮革のような皮膚でおおわれていて、皮膚の色は年齢や個体差による影響があるものの、ハトの羽のような淡いブルーから灰褐色までさまざま。皮膚のしわと皮膚ポケットがあるので、私物をここにいれて運べる。皮膚のしわには、からだの一部をおおいかくす機能もある。この生物のからだを防御しているのは、大きな飛翔皮膚だ。ふだんはたたんでいるが、必要があればこれでからだをつつみこめる。

　グッキーは装置室で実体化した。テレポーテーションの運動インパルスで、背中を壁にぶつけてしまった。セランの手袋が握り棒を見つけた。ネズミ＝ビーバーはそれにつかまって、防護服の助けを借りて位置を確認。薄板のハッチの開閉装置がすぐ近くにある。グッキーは自分の投光器の光をたよりに移動した。室内は真っ暗だ。

　かれが開閉装置にたどりつく前に、ハッチが開いた。ベカッスがのぞきこんだが、あわてて頭を引っこめた。

「すみません、おじゃまするつもりはなかったんです、星間航行者」グラド語が聞こえた。ベカッスは母語以外にこの言語もマスターしている。長年にわたって獅子人間種族と交流があったためだ。グッキーのトランスレーター・システムはただちに切りかわった。

「じゃまじゃないよ。はいってきて。あ、ぼくがそっちに行く。きみについていきたいから」

ベカッスの影が消え、ネズミ＝ビーバーは足でけってその場をはなれ、ハッチから外に出た。両手でバランスをとり、からだを安定させる。それからセランに指示してヘルメットをはねあげた。ヘルメットは首のところにあるフードに収納された。

ベカッスはそのプロセスを何度も頭を回転させながら注視している。

「あまり近づいてはいけないと思ったんです」と、そのベカッスは説明した。「偶然、赤外線視覚でまわりを見ていたら、モーターの周辺に生物がいるのに気がついて」

「いいんだよ。ぼくはグッキー。どこに行くところだったの？」

「トレーニング・センターに行こうとしていました。競技に負けてしまったので、自分の能力を強化したいんです！」

両者はいっしょにホールに行った。グッキーは目をこらして目の前の無秩序状態を見た。すくなくとも五百名のベカッスがホールで動きまわっている。ホールは迷宮のようで、上が開いているトンネル・システムがあった。トンネルは厚い遮断層がついている。ベカッスは二名か、ちいさなグループに分かれて、迷宮を移動していた。かれらはときどきじっと動かなくなり、ちょっともどってまた前進する。遮断層ごしになにかを見ようとしているのか。無重力状態なので、ベカッスは触腕の先端にちいさなマグネット板を持っていて、これを迷宮の床側に向けていた。

「ここでなにをやっているのか、教えてよ！」イルトがいった。この生命体の思考を読むより、そのほうがはやそうだ。かれのいつもの原則とは相いいれないかもしれないが。それにベカッスの発するとぎれとぎれのしゅっという音や、曖昧《あいまい》な音を聴くのは楽しかった。

「ベカッスは赤外線シュプールの練習をしているんです、星間航行者グッキー。いつも混んでいます。この能力を磨こうとしている仲間がたくさんいるのでね。超音波センターをごらんになりますか？ そこはもっとにぎやかですよ。永遠の船がくるときが近づくと、トレーニング・センターは満杯になります」

「なるほどね。みんな選ばれし者になりたいんだね。それからどうなるの？ 永遠の船が到着したら、お仲間たちはどうするのかな？」

「ステーションの外側のゾーンに行きます。そこに光学監視装置つきの大全周スクリーンがあるんです。みんな永遠の船がいなくなる前に、一度は見ておきたいと思ってますからね。もうすぐです。わたしも感じます。そうなるとベカッスはみなおちつかなくなるんです」

かれがひと息ついた。グッキーはそのすきに迷宮のなかにはいった。ベカッスの熱心さがおもしろい。かれは自分の能力を知らせずにサプライズをしようと思いついた。子供じみた遊び本能に襲われたのである。かれはセランの人工重力装置を使って迷宮を歩き、ベカッスの思考を探った。かれらが自分の名前のことを考えるまで待って、それから口をきいた。

「ぼくの前にいるのはフランゾ」そう告げてから、壁にあるかれの通し番号もいった。かれが正確にいいあてたので、かれらは驚き、動揺した。グッキーはいっしょにいたベカッスがくるまで、この遊びをくりかえした。

「あなたはどんなベカッスもかなわないすばらしい能力を持った神なんですね」と、かれ。「これを見たら、選ばれし者たちは嫉妬のあまり青ざめますよ。だれだっていちばんになりたい。でもあなたにこれを見せつけられては、いくら努力してもむだだと思わざるをえません。あなたたちは、われわれが高慢になりすぎたので、ここにきたんですか？」

「その質問にはあとで答えるよ。それとも答えないかもね」と、グッキー。「話をつづけて。永遠の船を待っているとき、選ばれし者たちはどんな気持ちなのか」

「それは種族全体の気持ちと同じです。だれでもそう思っていますって。選ばれし者たちは、直前に自分の故郷惑星を訪れてから、カッスバンのもっとも外側の軌道ステーションに集まります。かれらは密集して、ありえないほど強い連帯感を高めます。この段階ではかれらのじゃまをすることは許されません。選考時にミスがあり、実際にはほかの者が永遠の船を待つ権利があると知らされたら、そのベカッスは精神がやられてしまい、長患いの末に死ぬことになるでしょう。選ばれし者はたがいに神々の掟について話します。かれらは自分の利益や新入りに対する好奇心は棚あげして、ただ神々の望みをかなえるためにいるのだと、はげましあうのです。船がきたら、よろこびのあまり理性を失わないように自制しなければなりません。永遠の船に乗り、四年間神々につかえる任務をまっとうするために〝どこにもない場所〟に連れていかれます。この期間が終わると、かれらはもどってきて、名声を得ます。選ばれし者の一部は評議員に出世します。でもほとんどは引きこもり、賢者や哲学者になります。高地フローラの哲学者の学校をご存じですか？」

「うん」と、グッキーは嘘をついた。もう忍耐力の限界なのだ。できればベカッスの目の前でテレポーテーションして、このニュースを持ちかえりたい。でもカッスバンで調査しているほかのグループも、同じような情報を集めているかもしれない。

「永遠の船はもうすぐくるよ」そこで、かれはそういった。「永遠の船の到着と出発をどこで見るか、希望はあるの？」

「できればタランの天文台から。でも天文学者たちはだれもいれさせてくれないんです」

「今回は、例外を認めてくれるんじゃないかな。触腕を一本貸して！」

ベカッスが腕をさしだすと、かれは把握肉垂をしっかり握って仲間たちの目の前でテレポーテーションした。かれらは天文台で実体化し、大混乱を巻きおこした。だがネズミ＝ビーバーはいくつか指示を出しただけで、秩序をとりもどした。

「かれのことを注意して見てやってね」と、かれは天文学者たちにうながした。「かれが満足するまで、望遠鏡で見せてやって！　ぼくだったらぜんぶの望遠鏡で見させるけどな！」

望遠鏡がすべてひとつの方向を向いているから、そこに永遠の船が到着するだろうことは疑いの余地がない。

ベカッスがイルトの前にひざまずいた。

「神々は高貴にしてすぐれたかたがた」と、かれはいった。「われわれはあなたがたに対する感謝の心を永遠に持ちつづけます！」

グッキーはかれらの前から忽然と消え、すべてをなしとげる神の存在を強く印象づけた。

7

そういうことだったのか！

レジナルド・ブルは足がむずむずしていた。できれば跳びあがりたかったが、ぐっとがまんしてベカッスがレチタティーヴォを終えるまで待った。

神々がベカッスにあたえた贈り物とはなんなのか、やっとわかった。ブリーは次の間に行き、イアン・ロングウィンとヴェエ・ユィイ・リィとロボットがかれについてくるのを待った。ベカッスたちはホール内でじっとしている。星間航行者たちの反応をどう考えたらいいのか、わからないのだろう。

「イルトのごろつき野郎め」ブリーがぶつぶついった。「あいつの勘がまたあたった。遷移技術などの技術は神々からきてたんだ。ベカッスはそれがわれわれだと思っている。ハンザが陰で糸を引いてるぞ。大カタストロフィ後の数十年で起こったことすべてが、そう見えてくる。ベカッスが宇宙に出ていくための道を開き、そのあとオルサ星系から撤退したのは、ハンザのスペシャリストにちがいない。そこで具体的になにが起きたのか知りたいもんだ！」

「われわれもです」イアン・ロングウィンが同調した。「もしかするとすぐにわかるかもしれませんが！」

「わたしはほかのグループと交信しました」と、フォン・ディッテルブルン男爵が口をはさんだ。かれの建造には《シマロン》の要員がくわわっていたが、名前を考えたのはテラの歴史にくわしいヴェエ・ユィイ・リィにちがいない。

「それで？」ずんぐりしたテラナーが吠えた。「なにがわかった？」

「まだなにも、ブリー。グラドの拠点は見つからず、われわれに対する陰謀をうかがわせるようなかくれ場も見つかっていません」

ロングウィンが笑った。「ベカッスについてわかっていることと照らしても、やっぱり奇妙だ。それで？」

「イホ・トロトの録画にあったような宇宙港も見つかりませんでした。ハンザ拠点の所在地もわかっていません。エンザ・マンスールは、ベカッスのラドンズが最後にカッスバンの地を踏みたいといったので、そこに降ろしたと報告してきました。この選ばれし者は、アオンタンでの過失をくりかえし謝罪し、かれがいなくなってみんなほっとしたそうです。四十三名のカッスバンの選ばれし者が、永遠の船に乗り組む軌道ステーションに向かっています！」

「そうか。われわれももっとわかったら、ほかのグループと連絡をとろう。ペリーはどこだ？　かれから連絡は？」

「かれは地上に向かっています。ハミラーのせいで遅れたんです」

レジナルド・ブルはいらいらしてかぶりを振りながらホールにもどり、ベカッスたちに立ちあがるようにもとめた。

「中断してしまって、申しわけない」と、かれ。「もっと話があるのだろうが、いまは時間がない。永遠の船がもうすぐくる。それまでにわれわれはもうすこし見てまわりたい！」

「みなさんの希望はわれわれの希望です」と、シャウドルバートが冷静に答えた。「われわれの贈り物に満足していただけましたか？」

「たいへん満足した。ただ、いまはここに住むわけにはいかない。あとでこの町にもどってくるつもりだ。とりあえず、われわれを宇宙港に連れていってもらいたい！」

ベカッスは跳ねあがって立ち、出ていった。かれらはモノレールまでギャラクティカーに同行し、宇宙港にもどしてくれた。友情と好意をめぐる感謝と誓いを数えきれないほどいいあって、かれらはスペース＝ジェットのところで別れ、イアンの操縦で出発。ジェットは反重力クッション上で離陸し、海岸にそって進んだ。暗くなるまで高地フローラと岸を見てまわり、いくつかの都市を観察。ベカッスと長い会話をしたものの、さらなる情報は出てこなかった。カッスバンの生命体はますます動揺し、集中力を欠くようになり、意味があると思われる唯一の情報は、永遠の船が到着する時間がまもなくくるということだけだった。

南極大陸のまわりを一周したさいには、ほかのグループの着陸艇を二度ほど目視できた。マンサラ山地の山頂でシュプールを探しているグループを見つけたときは、イアン・ロングウィンはスペース＝ジェットを近くまで降下させた。《シマロン》の植物学者のひとり、ジェオロ・ダーウィングは高地フローラと山地の植物限界に関する調査に夢中で、グループのほかのメンバーが拠点や異人の手がかりを探していた。

「われわれは上空にとどまる」と、ブリー。「六時間の睡眠も確保するぞ。見張りは、もちろんフォン・なんとか男爵だ」

「フォン・ディッテルブルンです！」ロボットが訂正したが、ブリーはもう聞いていなかった。横になるためにちいさなキャビンに行く途中だったのだ。よほどのことがないかぎり、起きないつもりだ。ローダンはすでにカッスバンにいて、なにか役にたつものはないかと、情報を収集していた。

ブリーはすぐに寝入った。

かれの夢に出てきたのは……グッキーだった。だからといってグッキーをうらむわけにはいくまい。

＊

エヘエンザは虚栄心の強い気どり屋だった。エイレーネとコヴァル・インガードはこの数時間でそれを思いしらされた。身長二メートル四十センチのこのベカッスは、非常に若くてカッスバン暦で十一歳だ。すらりとしているのでよく目だつ。この惑星の重力下で行なったコンディション・トレーニングのたまものだ。皮膚は明るいグレイに輝き、腹には暗い色の指先大の色素斑がある。かれはそれを栄誉だと思っていた。パイオニア惑星エイルダスハンの生まれで、親のグウェランダーが政府の評議会に招聘《しょうへい》されたときにカッスバンにきた。とくにこれといった能力があるわけではない、同世代の仲間と同じような平均的なベカッスだが、自分の意見はずけずけいう。

ともに時間をすごすうちに、エイレーネはこの若いベカッスが大好きになった。彼女の友情に対し、エヘエンザは誠実さでこたえた。かれは彼女のグループを町のあちこちに案内し、彼女たちはベカッスの日常における仕事ぶりや共同生活を知った。家族というものはない。親と子供はほかの者たちと共同体をつくって生活し、そこではだれもが自分だけの空間を持っている。かれは自分のアヘイマに引っこんだり、高地フローラの静寂のなかですごしたりすることができた。彼女のグループは、若いベカッスたちが飛翔実験を試み、例外なく顔面から着地するのを見た。この種族は飛翔能力をすっかり失っており、飛翔皮膚は好条件の上昇気流のときに、ちょっとした高みから短い滑空をするのに役だつ程度だった。

「あなたもやってみないの？」恒星が地平線に近づいたとき、エイレーネがたずねた。

「恒星を背にうけて、風は前から吹いてるわよ！」

エヘエンザはかれの色素斑をなで、飛翔皮膚を翼長四メートルまでひろげた。

「からだが汚れちゃうかもしれない」と、かれ。「ぼくのからだはこういう拷問には向いていないよ。そう思わない？」

「そうね、考え方によるけど。きょうはもうお風呂にはいったの？」

「ぼくは一日に二回からだを洗うんだ。最初は砂風呂で、昼間に暖かくなったら水風呂だよ。どう？　ぼくを見て！　手入れがいきとどいていて、仲間たちより輝いているでしょ」

かれらは町のほうに向かっていた。エイレーネは考えた。もう一度クアマロングにもどったほうがいいだろうか。だがやめることにした。クアマロングは歴史的な価値はあるが、現在に関するヒントを探るのが、カッスバンにいるグループ全体の任務だ。

彼女は自分の着陸艇を探して、ほかのグループと連絡をとった。まだそれほど成果は出ていないが、ブリーたちが貴重な情報を手にいれたらしい。

エイレーネは同行者のもとにもどった。ベカッスはコヴァルとベオドゥをややこしい論争に引きいれていた。

「ベカッスの民にとって意味があるのは、重力環境下で生きぬいていけることです。つまりカッスバンとほかの植民地惑星でね。でも住民の三分の二は軌道ステーションに住んでいる。地上のほとんどの都市は見捨てられています。ぼくを見てください。これほど鍛えあげたからだのベカッスっています？　無重力状態での生活はわが民を太らせ、怠け者にしました。そのうち退化しちゃいますよ。数千年後ぐらいかもしれないけど、いつかそれがはっきりあらわれます！」と、かれは説明した。

コヴァル・インガードはエイレーネをわきに引きよせた。

「かれは早熟すぎないか」と、かれが耳うちした。

「かりにそうだとしても」エイレーネは笑った。「いい子じゃない？」

「ぼくは姿がよくてかしこいので、敵が多いんです」と、エヘエンザはつづけた。「この前、選定競技に参加したんですが、競技の前の筆記試験はすべて合格しました。基本試験は一番で、上級試験は二番でした。でもある試験官がぼくをよく思っていなかったらしい。成績はすごくよかったのに、かれはぼくを落としました。はめられたんです。正義は神々のもとでしか行なわれません。はっきり口に出してお願いするのは、はばかられますが、ぼくがなにをいいたいのかわかりますよね！」

エイレーネはわかっていた。かれは口利きをしてくれとたのんでいる。選ばれし者の永遠の船に乗り組めるように。

「船は大きい。選ばれし者が四十三名でも四十四名でも大した問題じゃないでしょう？　ほかの惑星で一名欠員が出て、ぼくがかわりになれるかもしれない！」

懇願するかれの声に、ペリーの娘は感動して涙が出そうになった。永遠の船を知ったときから、好奇心をかき立てられていた。彼女はそのときがくるのを、エヘエンザと同じように熱望していたのである。彼女の心の片隅にあった計画の輪郭がはっきりしてきた。かしこく立ちまわらなければならないだろう。グッキーが手助けしてくれるかもしれないし。

「あなたが永遠の船に乗れるように、やってみるわ」彼女はベカッスに約束し、かれの好意と友情を永遠に手に入れた。

*

シナジー・ペアのかたわれ、エンザ・マンスールからの連絡が海岸ぞいのもっとも高い町にいるペリー・ローダンにはいったのは、恒星オルサが地平線に顔を出したときだった。そこでパトロール隊はベカッスのグループを発見した。そのいい分によれば、到着した神々を待っていたのだという。かれらは地面に無数の機器類をひろげていて、ローダンは、ひと目見ただけで、それがテラで製造されたものだとわかった。ちいさな可搬式のインターカムからハイパー無線送信機の部品までなんでもあり、大きな部品は明らかにかつての交換部品倉庫にあったものだ。相互に関連のないパーツばかりだったからである。

ベカッスの一名はヌダルゴという名だった。ローダンを神々の代弁者だと思ったらしく、かれの前にひれ伏した。ローダンはからだを起こせと命じた。知性体が自分の前で平身低頭するのは耐えられない。ローダンはグラド語がぺらぺらなので、トランスレーターは必要なかった。

「われわれは罪をおかしていません！」ヌダルゴが大声でいった。「信じてください。拠点に侵入するなんて滅相もない。発見したのは、拠点の周辺にある秘密の宝物です。神々が、われわれが見つけるようにとそこに置かれたのかもしれません！」

この説明を聞いて、ローダンはこっそりほくそ笑んだ。ベカッスは星間航行者の反応をどうとったらいいのかわからないだろう。大目に見てほしいと願う一方で、良心の呵責になやんでいるのかもしれない。

「そうだったのか」と、かれは答えた。「われわれはきみたちに腹をたててはいない。拠点の近くで発見したのだから、とっておけばいい。ただひとつだけ条件がある。これをただちにもとの場所にもどしてほしい。そこにすくなくとも三日間はそのままにしておくんだ。そのあと持っていけばいい。もうかくす必要もない。きみたちへの贈り物なのだから！」

ベカッスはあわてて引きさがり、出かけていった。

ローダンはもうひとりのシナジー・ペア、ノックス・カントルに目で合図した。テラナーはいそいでかれのところにきた。

「セランは着たままでいい」と、かれ。「見つからないように気をつけて、やつらを追跡するんだ。ベカッスが引きあげたら、知らせてくれ。そのあとは拠点の捜索だ！」

ノックスは自分のグループといっしょに出発した。ベカッスとかれらの姿が見えなくなってから、ローダンはスペース＝ジェット1へ。ほかの捜索グループと連絡をとりたかったからだ。いくつか重要な詳細情報がわかってきた。

船底エアロックのちょっと手前でローダンは立ちどまった。かれの前で空気がちらちらしている。ある生命体の輪郭があらわれた。セランを着て、ヘルメットをはねあげ、一本牙《きば》をむき出しにしている。

「やあ、きみか」と、ローダンはほっとしていった。「どうだい？」

「まああってとこかな」と、ネズミ＝ビーバー。「ただブリーのキャビンだけはひどいもんだ。太っちょが大暴《あば》れして、勝手に寝てるし！」かれはとがめるようにかぶりを振った。「ほかの連中は、かれみたいな蛮人じゃないからいいけど！」

「つまりあれか、ブリーはちょっと手荒に起こされたってわけか？」

「そうじゃないと思うけど」グッキーは目くばせした。「どうだろうね……」

船底エアロックにエンザ・マンスールがあらわれた。彼女は追跡者のグループの最初の報告を伝えた。

「かれらは高地フローラにはいったのか」ローダンは下を向いて考えこんでいる。「そうじゃないかと思っていた。ステップの南にある山脈は、拠点に適している。だれにも見つからないからな」

かれは決心したようすでエアロックに近づいた。

「ちび、仕事だ。報告をぜんぶまとめるとしよう」

二分後、二大陸に分かれて捜索をしている六グループすべてに集合がかかった。一時間半で着陸艇とスペース＝ジェット二機が到着。海岸ぞいのもっとも高い町の西側にある草地で、ミーティングが行なわれた。

どのグループもなんらかの発見をし、シュプールを追うことができた。だがこうした情報を総合しないと、全貌は浮かびあがらない。わかったのは、宇宙ハンザはかつてここに拠点を建設していたこと。その情報は、すでに《シマロン》の記憶装置にはいっていた。カッスバンでそのことがさらに立証された。理由ははっきりしないが、ハンザのスペシャリストは、ベカッスに遷移エンジンをプレゼントしてからカッスバンをあとにした。

そこまではすべて筋が通っている。しかし、数世紀前から、星間航行者はこの贈り物の見返りを手にしていた。定期的にいわゆる永遠の船を送りこみ、ぜんぶで十五の居住惑星をまわって、とくに優秀なベカッスを集めていたのである。

するとこういうことになる。もしもこれが本当にハンザのくわだてなら、永遠の船とはコスミック・バザールではないだろうか？　いったいどういうからくりなのか？　四年の任務を終えるとベカッスは同じ宇宙船で故郷惑星にもどるが、かれらはこの間のことをおぼえていない。時間も場所もなにをしていたかもおぼえていない。あるのはどこかにいたという記憶のみ。そしてかれらは四年前に中断した暮らしを再開する。

これはハンザのスペシャリストの典型的な手口ではないか？

悪い時代にはすぐれた対策が必要だ。だがローダンはそれだけでは不充分だと考えていた。このステーションで有効なヒントが得られてこそ、安全が確保されるというもの。

かれらはノックス・カントルの新しい報告を待った。

ペリー・ローダンはそのあいだに、自分の娘からエヘエンザを紹介してもらった。エヘエンザはあれこれしゃべったが、それを聞いたエイレーネは、永遠の船に乗って調査するという自分の秘密計画の実現をあやぶむようになった。エヘエンザから、どういう順序で永遠の船が個々の惑星をまわるのか聞いて、起点と終点がわかったからである。

「この宇宙船に乗るというアイディアは悪くない」ペリーは意外にも彼女をとがめず、

そういった。「だがまずはハンザ拠点の情報が必要だ」

待っていた情報が届くと、ローダンは自分のグループと出発し、《シマロン》の乗員たちは着陸艇でまた《シマロン》にもどった。

町のベカッスたちは明らかに神経質になっていた。永遠の船の到着まで、あと数時間しかない。ギャラクティカーにとって時間はこの上なく貴重だった。

それにスペース＝ジェット2の遅れが見こまれていた。《シマロン》で建造されたフォン・ディッテルブルン男爵という派手な名前のロボットが完全に故障したのだ。ジェットに乗りこむさいに、すべてのエネルギー回路が機能しなくなったのである。ロボットは動けなくなり、船底エアロックを閉めたときに押しつぶされてしまった。ブリーは毒づきながら船底に行った。ロボットの記憶装置をとりだし、バイオモルプラストの層をはいで、本体を数センチメートルほどけとばした。するとロボットはバランスを失い、階段から落ちて草地に転落。男爵は神々の遺物としてのこり、ベカッスは当分のあいだこれをあがめるかもしれない。そしておそらくこれをホールに立像として展示するか、あるいは海に沈めるだろう。不細工なロボットのために、ブリーは後者のほうを切に願った。

8

ヌダルゴとその配下のベカッスたちは引きあげた。ノックス・カントルと同行者たちは雑草が生い茂った入口を掘りだした。岩石でかくされたハッチのメカニズムは、大カタストロフィ前に使われていたハンザ・コードに反応した。ハッチは外側に旋回し、背後で明かりがともった。総勢十名で、かれらは山の内部を通っている坑道を進んだ。このハンザ拠点はちいさく、睡眠用キャビン二十室、休憩室三室、フィットネス・エリア一個所、そして三つのホールの上方に作業セクターがあった。ホールは縦横がせいぜい三十メートルといったところ。技師たちが確認したところでは、照明は特別な非常電源を使ったもの。そのほかのすべての装置は停止し、司令室からでも作動させることができなかった。技師が配線をつなぐのに要した時間は三時間。非常電源を使ってすくなくとも古い記憶装置は作動するようになった。

なにを探したいのかはわかっているので、作業はスムーズだった。ハンザ・コードとハンザのスポークスマンに優先権があるアルファ・コードを入力。するとすべての情報が入手できるようになった。

かれらの知識の一部は立証された。ハンザは数年間この拠点を使っていたが、そのあとに学術的・経済的観点からみて不毛だったためにカッスバンから撤退し、ハンザの法律を厳守した。ベカッスの発展はかれらとは関係がない。つまり、かれらはベカッスに技術支援をしていなかったということ。

「われわれの推測はみんなはずれたってわけだ」と、ブリー。がっかりした顔だ。ではベカッスはだれから宇宙航行を教えてもらったのか？　永遠の船とはなんなのか？

かれらは記憶装置の内容をさらに調べた。ハンザは第二の拠点をもうけ、そこにチーム全員を移住させようとした。それはパウラ星系の惑星パウラⅣで、オルサ星系から二十九光年しかはなれていない、ブラック・ホール近傍だった。

ペリー・ローダンはパウラという名前を聞いたことがあった。エイレーネがいっていたのだ。パウラは永遠の船が未知の遠方に消える前に最後にいた拠点だ。その名の由来はだれも知らない。ベカッス由来とは思えない。

興味を引かない情報は調査しなかった。ローダンは記憶装置の内容を自分のジェットの記憶装置にうつしてから、ハンザの記憶装置を消去した。拠点は完全にその機能を停止。一同は山地をあとにして《シマロン》にもどった。ベカッスに突然の出発について説明しても意味はない。ベカッスは、神々が民をテストしたあとにいなくなったことを受けいれなければならないのだ。

グラドは見つからなかった。ベカッスはかれらの惑星にグラドはいないと明快に述べたのである。

トロトの宇宙港は見つからなかった。わかった範囲では、かれはオルサ星系にいなかったらしい。

ただハンザ拠点は存在していた。だが当時、あるいはあの時代以降に起こったことについての説明はない。

《シマロン》に近づいたとき、ペリーは友ブリーの肩をたたいた。

「残念。賭けておけばよかったな」と、かれ。「きみは悲観的な予想や予言をしこたまいいたてていたからな。みんな根拠がないと証明された。ベカッスに悪意はないと、いまは信じているか？」

「もちろん」と、ブリーは不本意そうにうなった。「怪しいやつはどこかほかのところにいるとわかりました。永遠の船にいるのか、それともどこにもいないのか。で、これからどうするつもりです？」

ローダンは自分の考えを説明し、レジナルド・ブルはそれに同意した。

＊

自分たちを宇宙航行に導いたあの種族の一員だと信じているベカッスの思いちがいを、かれらは正さなかった。ペリー・ローダンはエイレーネのアイディアにしたがい、彼女とブリー、グッキー、ベオドゥ、コヴァル・インガードとともに永遠の船に乗ろうと決心。その考えをベカッスにはっきりと伝え、かれらはそれを名誉なことだととらえた。ローダンはエヘエンザを選ばれし者たちのもとに連れていくことに同意した。自分の娘がこのベカッスと親しかったからである。

そのときがきた。《シマロン》にちょっと滞在してから、イアン・ロングウィンは選ばれし者たちが永遠の船に搭乗するステーションまでかれらを運んだ。《シマロン》と《ハーモニー》は動きだし、イアン・ロングウィンがもどってからパウラ星系に先に飛んだ。そこでローダンの一行をまた迎えるためだ。ローダンとかれの同行者たちは、そのあいだに永遠の船の謎をとこうという計画だ。

ステーションに到着してから一時間もしないうちに、永遠の船が接近していると報告がはいった。その宇宙船は監視壁の上に姿をあらわした。楕円形の船で、船尾が不規則な形状をしていて、船幅にアウトリガーが下向きについている。赤褐色にかがやく宇宙船は、ゆっくりと旋回し、ステーションの近くに横づけした。ホースのような長いものがステーションに向かってのび、エアロックのひとつに接近。信号が鳴り、ベカッスたちはその宇宙船に乗りこむさいに、星間航行者を先に行かせた。

ローダンは同行者たちに最後のはげましの視線を投げ、それから動きだした。かれらはローダンにぴったりとつづき、そのあとにエヘエンザと四十三名の選ばれし者たちがつづいた。

この宇宙船でなにが待ちうけているのか？　船はパウラに飛行するが、そこからどこにも行かないのか、あるいはベカッスも述べたように永遠へと向かうのだろうか。

「永遠って、どのくらい遠いんだろうね？」グッキーがたずねた。だがそれに答える者はいなかった。

あとがきにかえて

赤坂桃子

最近、電子ピアノを購入した。いまはできるなら仕事そっちのけでピアノに向かい、遊んでいたい気分だ。

そもそもの発端は数年前にさかのぼる。ふと気づくと、声が出にくくなっていた。しゃべる分にはあまり問題はないのだが、歌をうたおうとすると、高音が出ない。通訳や実務翻訳の仕事をやめ、自宅でパソコンに向かってひたすら翻訳している毎日で、人と接する機会がめっきり少なくなったのが原因だろう。加齢のせいもあるのだが、声帯というものはかなりの怠け者で、使っていないとどんどん退化するらしい。私は不熱心なキリスト教徒で、教会の礼拝にごくまれにしか行かないのだが、讃美歌をうたおうとすると、以前に比べて情けないほど声が出なくなった。さすがにこれはまずいのではないかと思って、ある生涯学習センターのアンチエイジング講座に通って発声法を学びはじめた。

いったんはじめると深入りするたちなので、少し声が出るようになるとうれしくなってしまって、講師の先生の個人レッスンを受け、イタリア歌曲などを学ぶようになった。音取りをするのには、どうしても楽器が必要だ。だがまだ本腰を入れることにためらいがあった私は、ｉＰａｄに無料のピアノ鍵盤アプリを入れて数年ほどお茶を濁していた。しかしさすがにこれは不便で、それでも一年ぐらいぐずぐず迷った末、ついに数十年ぶりにピアノのある生活をしてみようと決心した。

今回、楽器を購入しようとしてつくづく思ったのは、音楽を演奏する環境がずいぶん変わってきているということだ。私が子供時代をすごした日本のいわゆる高度経済成長期は、わりとピアノを持っている家庭が多かった。夕方に外を歩いていると、近所の子供がピアノの練習をしているたどたどしい音が道まで聞こえてくることなど、しょっちゅう。それを笑って受けいれる余裕も、当時の人々にはあったのかもしれない。私もそのような近隣の方々の寛容に甘えていた子供の一人だった。だが最近では、特に都市部では家が建てこんでいるし、生活も多様化しているから、騒音に対する意識もかなり変わってきている。集合住宅に住んでいる私は、ピアノの固体伝播音と空気伝播音を軽減する対策は？……といった情報をせっせとネットで集めることになる。この選定段階でさらに一年ぐらい過ぎただろうか。「中古のアップライトピアノでよければ」とピアノを譲る提案をしてくださる方もいたのだが、結局アコースティックピアノはあきらめ、音量調節のできる電子ピアノを選んだ。

ピアノと言えば、小学校一年生の学芸会で童謡《みかんの花咲く丘》と《りんごのひとりごと》の伴奏をしたことがある。それと、私が通っていた高校では、卒業式のときに卒業生がロッシーニの《信仰・希望・愛》の三曲をうたうのが恒例だったのだが、そのうちの二曲の伴奏もした。よく思うのだが、この小学校の学芸会と高校の卒業式が、私の人生のハイライトだったかもしれない。舞台上での数少ない成功体験である。それ以降はどうもぱっとしない。

その後、ピアノはやめてしまった。理由は「肩こり」だ。就職のために、英文タイプライターを習得しなければならなかったのだが、当時のオリベッティとかレミントンといった手動式タイプライターは打つのに力がいるし、音もうるさい。ルロイ・アンダーソンというアメリカの作曲家の作品に《タイプライター》という、とても愉快な曲がある。この作品ではタイプライターが打楽器のひとつとして扱われて、オーケストラの一員として登場し、パート譜もある。

それほどの音量とリズム感を出せるタイプライターだが、打つほうはたまったものではない。仕事でレターをタイピングするときは、オリジナルと数枚のコピーを作成するために、あいだにカーボン・ペーパーをはさんでキーを叩く。コピーにはオニオンスキンという薄い紙を使うのだが、力を抜いたら下の紙まで鮮明に印字できないから、ふだんは力仕事をしない小指を含め、どの指も均等に力をこめて打つ。当時の職場は、徐々に電動タイプライターが導入されている過渡期ではあったが、新入りはまず手動式からだ。

話が少しそれるが、メールを送信するときによく使う「CC」は、「カーボン・コピー」の略である。いまでこそ、「カーボン・コピーってなに?」という人が大部分だろうが、実際にカーボン・ペーパーを使用してコピーをとるのはなかなか大変だった。打ち損なったら、オリジナルは砂消し、コピーのオニオンスキンペーパーは粘土みたいな消しゴムでペッタンペッタンやって字を消してから打ち直す。新たに打ったら、そこだけ位置が微妙にずれていたり、印字が濃すぎたり。何度も失敗して、やっとレターが完成し、失敗した紙は四つに切ってメモ用紙にしたつもりが、唯一成功したオリジナルのレターまで裁断してしまった新入社員もいましたっけ。

似たような姿勢で鍵盤あるいはキーを叩くピアノ演奏とタイプライティングは、肩こりに悩む私のなかでは両立せず、あっさり前者を捨てることとなった。

その後、仕事替えして翻訳者になった。仕事道具は、原稿用紙に鉛筆でせっせと訳文を書く時代をへて、ワードプロセッサー、そしてパソコンへと変化した。入力に力がいらなかったとはいえ、ひたすら前を向いて、首を前傾させ、両手でなにやら叩いている姿勢に変わりはない。

こうして白鍵や黒鍵とまったく縁のない人生を何十年もすごしてきて、まさかまた鍵盤楽器を購入するとは思わなかった。しかし、これが楽しいのだ。いまとなっては、パソコン入力は圧倒的に仕事で、歌やピアノは圧倒的に趣味だから、気持ちの上で棲み分けができているせいか、肩こりもあまり気にならない（ような気がする）。

宇宙英雄ローダン・シリーズの翻訳者グループにはピアノの名手や音楽の専門家がいるから、私などがピアノ談義をするのは控えたいと思っていたのに、つい調子に乗って書いてしまった。片目をつぶって読んでいただきたい。

七人のイヴ（上・下）

SEVENEVES

ニール・スティーヴンスン
日暮雅通訳

ある日突然月が七つに分裂した。二年後には無数の隕石が地表に降りそそぎ人類は滅亡する。人類は遺伝情報や文化遺産のデータを未来に残すため〝箱舟計画〟を立案した。計画遂行のため、宇宙で生き残る千五百人を選抜するために各国は決断を迫られる。人類の未来を俯瞰する破滅パニックSF大作！　解説／牧眞司

ハヤカワ文庫

訳者略歴　上智大学文学部ドイツ文学科・慶応義塾大学文学部卒，翻訳家　訳書『ポスビの継承者』エーヴェルス＆フェルトホフ，『マルゴルの大波』ヴルチェク（以上早川書房刊），『読書について』ショウペンハウエル他多数

HM=Hayakawa Mystery
SF=Science Fiction
JA=Japanese Author
NV=Novel
NF=Nonfiction
FT=Fantasy

宇宙英雄ローダン・シリーズ〈708〉

神《かみ》々《がみ》の掟《おきて》

〈SF2435〉

二〇二四年三月　十　日　印刷
二〇二四年三月十五日　発行

（定価はカバーに表示してあります）

著　者　ロベルト・フェルトホフ
　　　　アルント・エルマー
訳　者　赤《あか》坂《さか》桃《もも》子《こ》
発行者　早川　浩
発行所　株式会社　早川書房

郵便番号　一〇一 - 〇〇四六
東京都千代田区神田多町二ノ二
電話　〇三 - 三二五二 - 三一一一
振替　〇〇一六〇 - 三 - 四七七九九
https://www.hayakawa-online.co.jp

乱丁・落丁本は小社制作部宛お送り下さい。
送料小社負担にてお取りかえいたします。

印刷・信毎書籍印刷株式会社　製本・株式会社明光社
Printed and bound in Japan
ISBN978-4-15-012435-9 C0197